雨宮経理課長の憂鬱

AMAMIYA KEIRI KACHO NO YUUTSU

麦生郁

mugio iku

目次

雨宮経理課長の憂鬱

一

思い起こせば、最初から変だったよな、この人。

比佐子は、パソコンの画面を凝視しながら無心に鼻くそをほじり続けている雨宮経理課長の前に、コーヒーカップを置こうとして、一瞬躊躇《ためら》った。彼がパソコンを睨《にら》んでいる時は、必ず自慢話のネタを頭の中で整理している時で、半径一メートル以内に近づいた者は、誰であろうと、必ず「雨宮自慢話」の餌食となり、最短でも小一時間は、その自由を奪われるのだ。

比佐子は、いくつかカップの載ったトレイを持ったまま、事務所内を見渡した。後輩の女子社員にコーヒーを配ってもらおうと考えたのだが、あいにく、皆、電話にかかりきりで、誰一人暇そうな人間はいない。

「経理さん、本社から電話」

誰かが、せわしい口調で叫ぶ。

「はあい」

トレイを近くのデスクに置き、電話を取ろうとした時だった。雨宮経理課長が、たった今まで、鼻に突っ込んでいた方の手をおもむろに電話機に伸ばしてきた。

「わっ」

思わずのけぞる比佐子の目の前で、雨宮は、少し気取った早口で受話器に向かって話し出す。

「お疲れ。雨宮です。ああ、山ちゃん、久しぶり。元気してる?」

鼻が高くて、目が大きい。五十五歳という年齢の割には、身体は確かに引き締まっている。若い時は、ジャニーズ系のタレントに間違えられたという自慢話もあながち嘘ではないだろう。

でも、と比佐子は思う。自慢するにも常識の範囲内、もしくは限度というものがあるはずだ。一日の半分を、「雨宮自慢話」で潰されるのは、一種のパワハラではないだろうか。

彼の自慢話はいくつかのカテゴリーに分類できる。運動神経の良さや、ギャンブルの強さを絶賛する編、若い頃アイドルに間違えられた編、会社の中でいかに自分が優秀であるか編、家庭崩壊しているのに俺は頑張っているぞ編、などなど、バラエティに富んだ数々の話の中では、雨宮経理課長は素晴らしくハンサムで運動神経もよく、音楽センスはプロ並みで、性格も男らしく、仕事ができて人間味もあり、家庭でも申し分のない夫であり、父親である……らしい。

比佐子は溜め息をつきながら、彼の「若き日のアイドルネタ」を反芻《はんすう》してみる。曰く、

——高校の文化祭でギターの弾き語りをしたらさ、女子たちがみんな涙流して、中には失神した子も二人ほど出て、先生から怒られちゃったよ。俺のせいじゃないのに。あ、でもやっぱり、俺がカッコよすぎるせいか。罪作りだよな。俺も。

——真っ白のウェアを着て、スキーをしていたら、若い女の子たちが集まってきて、「サインお願いします」なんて言われてさ、まいったよ。芸能人じゃないからって言っても信じてもらえなくてさ。やっぱり、どうしても隠しきれないオーラみたいなものが滲《にじ》み出てしまうんだろうな……云々。

雨宮が本社からこの支社に出向になってからだから、約一年の間、比佐子は、来る日も来る日も、彼の自慢話を聞かされてきた。一日平均、四話、出勤日数を二百五十日として計算すると、約千回の自慢話だ。分類してみたくもなるだろう。

「うん、うん、ああ、その件ね。そういう下《しも》じもの仕事は、俺、ちょっと関知してないから。

うん電話、替わるよ、部下の須藤比佐子に」

いちいちフルネームで言わなくてもいいっちゅうの。しかも、ここの経理はあんたと私の二人だけだってことは、本社もよく知ってるんだから、毎回わざわざ「部下の」を付けなくていいんだよ。

比佐子は、心の中で呟《つぶや》き、雨宮の指が触れていないところを注意深く選びながら、受話器を受け取った。本社財務部の山田係長の、笑いを噛み殺したような声が流れてくる。

「雨宮さんは、相変わらずだねえ。須藤さんも大変でしょう。同情するよ」

「はあ、まあ」

曖昧《あいまい》に返事をする。こういう時、雨宮は明らかに聞き耳を立てている。だからなるべく無難な受け答えをしなければならない。

「はい、わかりました。ではそのように処理します」

比佐子が受話器を置くと、わざと面倒くさそうな口調で訊ねてくるのもいつものことだ。

「山ちゃんが、なんだって?」

「ダイワさんの年間保守料の請求書を郵送するから、次の支払日に振り込んでくれっていうことでした。もう稟議《りんぎ》は通ってるそうです」

比佐子の言葉をいかにも深刻そうな表情で聞いていた雨宮は、目を閉じて、ゆっくりとかぶりを振った。

「君は、山ちゃんという人間をよく知らない」

「は？」

芝居がかった動作で、両手を広げてみせた。

「しかし、それも無理はない。あれは、そういう男だ」

比佐子は眉間に皺を寄せながら、無言で雨宮の前にコーヒーカップを置いて、さっさとその場を離れようとした。雨宮は、シェイクスピア悲劇の俳優のように、髪を掻き毟《むし》る。

「だが、須藤君。どんな困難な局面にぶち当たっても、経理マンは良心だけは忘れてはいけない。それが……俺のプライドだ」

勝手にやってろよ。比佐子は小さく舌打ちする。

「その支払いはストップだ。理由は簡単だ。俺がその稟議書を確認するまでは、一銭たりとも金は出せない。それが、俺の」

比佐子は、雨宮に向き直った。

「では、課長から直接、山田係長にそう言ってください」

まだ何か喋りたそうだった雨宮は、機先を制されて、口を開けたまま、呆けたように頷《うなず》いた。

「も、もちろんだ。だいたい山ちゃんは、業者に甘過ぎる。俺が本社にいた頃は、業者が泣きついてくるまで支払いなんかしなかったもんだ。それが今はどうだ？　税理士あがりの財務部長、あの頭でっかちの若造、何ていったっけか、ああ、白石。あいつが上に立った途端、みんな、だらけてしまって経理マンとしての気概が」

「おはようございますっ」

その時、ちょうど事務所に入ってきた桑原支社長に向かって、比佐子は必要以上の大声で挨拶をした。雨宮の、長ったらしく無意味で、そのうち必ず、自分の自慢話に繋《つな》がっていくだろう話を聞きたくなかったからだ。

「お、元気がいいね」

桑原は、紺のジャケットに薄いピンクのボタンダウンシャツがよく似合っている。来年は還暦だというが、颯爽《さっそう》と大股で歩く姿は、いかにもやり手らしく若々しい。白髪まじりのオールバックに銀縁の眼鏡が知的に見える。見えるだけではなく、実際にグループ会社の中で、一番の切れ者の支社長だと噂されていた。

一番奥のデスクに座ると同時に、よく通る声で、

「雨宮経理課長」

と呼ぶ。

「はいっ」

　さっきまでとはうって変わって、椅子から飛び上がらんばかりにして立ち上がると、雨宮は背中を丸めて小走りに支社長のもとへ向かった。

「明日の本社会議の資料を見せてくれ」

「はっ。あの、ちょっとまだ、納得のいかない部分がありまして……」

　雨宮の額には汗が滲んでいる。桑原は手元の書類を見ながら、顔も上げずに言った。

「何時にできる？」

「それというのもですね、今回、売上値引きの計算にミスがあったらしく……」

「何時にできるかと訊いている」

　雨宮は、皺くちゃのハンカチをポケットから取り出して、せわしなく顔中を一拭きした。

「……今日中には」

　桑原は、初めて顔を上げて、真正面から、雨宮の顔を凝視した。

「今まで何をやっていた？　時間はたっぷりあったはずだ」

　低く押し殺した声に、かえって凄みがあった。雨宮はただ黙って俯《うつむ》いている。

「月初から今まで、毎日何をしていた、と訊いてるんだ」

　勤務時間の半分は自慢話をしてました、と代わりに答えてやりたいわ。比佐子は胸の中で快哉《かいさい》を叫んでいた。もっと叱られたらいいのよ。付き合わされるこっちだって、いい迷惑なんだから。だいたい夏休みの子供の宿題みたいに、何でもぎりぎりになるまでやらないんだから。明日の会議資料だって、きっとまだ何も手をつけていないに決まってる。

「もういい。資料は今日の午前中だ。それ以上は待てない」

桑原は、面倒くさそうに言って、雨宮を追い払うように手を振った。

さすがに肩を落として席に戻ってきた雨宮は、椅子に座るなり、大きな溜め息をついた。小声でなにかぶつぶつと呟いている。

「俺ほどの人間のする仕事じゃない……」

「女房の借金さえなければ、こんな会社いつでも辞めてやる……」

地獄の底から聞こえてきそうな陰気な声だった。比佐子は、中断していたコーヒー配りに戻ろうとする。雨宮の聞こえよがしの独り言が背後から追いかけてきた。

「こんな時、大変ですね課長、私お手伝いしますって、言ってくれる部下がいたらなあ……」

誰が言うか。私だって忙しいんだよ。比佐子は苦々しい思いでコーヒーを配って歩く。

「いくら俺が仕事のできる人間だって、こんな時まで自分を褒めてんじゃねえよ。

自業自得だろ。ていうか、こんな時まで自分を褒めてんじゃねえよ。

比佐子は心の中で悪態をつきながら、コーヒーを配り終えると、自分の席についた。さすがの雨宮も、今日の午前中は自慢話どころではないだろう。よかった。自分の仕事がはかどる。支社長に感謝しつつ、日報を入力し始めると、左の頬にねちっこい視線を感じた。

「須藤さん、ちょっと」

雨宮は、偉そうに自慢話を聞かせるときは、「須藤君」と呼ぶくせに、なにか頼み事があるときは「須藤さん」と呼ぶ。嫌な予感に襲われながらも、やはり上司を無視するわけにもいかず、比佐子は、「はい」と返事して雨宮のデスクの前に立った。

「悪いんだけど、このエクセルの表、須藤さんのパソコンにメールするからさ。ほら、ここところ、先月の数字入れてくれる？　それとここは経費ね。あ、前月対比と前年対比も忘れずに。コンピュータを過信せずにちゃんと検算してね。ね、簡単だろ？　できるよね、須藤さんなら」

はあ？　これって思いきり、さっきの話に出てた、本社会議の資料じゃないんすか？

と、心の中で叫び、次の瞬間、比佐子は大きく息を吐き出してから言った。

「すいませんが、今日は十日ですから、源泉税や住民税の納付がありますし、銀行回りもしなくちゃいけないし、総務から頼まれてハローワークにも行かなくちゃならないんです」

「なんだ、それ。自分の仕事を人に押しつけるなんて最低だな、総務も」

雨宮は心底憤慨したように言う。

他人のことが言えるのか？

比佐子が呆れているうちに、雨宮はさっさと内線で総務課長を呼び出して話し始めた。

「……でね、困るんだよ、そういうことされると。こっちも仕事の段取りがあるわけだから。ほら、須藤さんに仕事を頼むんなら、事前に俺を通してもらわないと。それが組織ってもんじゃないかな。俺の言ってること、間違ってる？」

ねちねちとしつこい雨宮の話に、きっと苦虫を噛み潰したような顔をしているだろう総務課長の顔を思い浮かべながら、比佐子は仕方なくその場に突っ立っていた。総務と経理で一台の社有車を共有しているから、出たついでに簡単な用事なら、お互いさまということで済ますようにしているのは、雨宮だって知っている話だ。今さら、組織がどうのこうのという問題ではない。明らかに雨宮の勝手な言い草である。

「ハローワークには寄らなくていいそうだ」

勝ち誇ったように言う雨宮に、比佐子は溜め息をつく。

「銀行回りは午後からにして、この仕事を十一時までにしてくれるかな」

「十一時って……。午前中じゃないんですか？」

思わず言うと、雨宮は、わかってないなあという顔で首を振った。

「そのあと、俺が数字を分析しなくちゃならないだろう。高度な仕事は、俺でないと無理なんだからさ」

　それなら、最初から全部自分でやれよ、と比佐子は心の中で叫ぶ。思ったことをすっぱり言えたら、どんなに気持ちがいいだろうと、いつも考える同じことを思いながら、仕方なく自分の席に戻った。壁の時計を見ると、もう九時半を回っている。結局、自分の仕事を後まわしにしなくてはならない。

　いつか、支社長にチクってやる。

　恨みがましい気持ちでパソコンに向かう。雨宮はといえば、退屈そうにネットを見ながら、また鼻くそをほじり出した。その姿を見ると余計に腹が立つので、比佐子はパソコンの画面を睨みつけて、数字を打ち込み始める。怒りのエネルギーが、キーボードを打つ指にこもって、大きな音を立てた。向かいの席の立花香織が、ぎょっとしたように顔を上げた。

「比佐子、大丈夫？」

　心配そうな小声で訊ねてくる。

「大丈夫よ。いつものことだから」

　憎しみをぶつけるように強くキーを叩き続けながら、比佐子は答えた。

「忙しい時になんだけど、今夜、空《あ》いてる？」

「え、何？」

比佐子が手を止めると、香織はわざとらしい囁《ささや》き声で言った。

「この前の杉田君から、飲みにいかないかって誘われてるのよ。向こうも二人で来るらしいわ。」

「へえ、そう」

比佐子は、しばらく考えてから答える。

「……行ってもいいけど」

気晴らしになるかもしれないし、と心の中で呟いた。先だって、同僚の結婚式の二次会で出会った杉田は、外資系の保険会社に勤めていると言っていた。色白の細面の顔は、少しひ弱そうに見えたが、明るく、人を逸《そ》らさないところが誠実な感じがした。

「俺、今度の二月でとうとう三十になるんだよ」

笑いながら言うのを聞いて、比佐子は自分の三十二歳という年齢に引け目を感じた。

二十八歳の香織は屈託なく、

「杉田君、年上の女性はどう？」

と、比佐子に目配せしながら、彼に訊ねる。

「俺、昔から年上の方がいいんだよね。安心できるっていうか」

「じゃ、ちょうどいいじゃない。比佐子は年下好みだから」

「もう、香織ったら」

あの時の会話を思い出すと、我知らず顔が火照ってくる。杉田は、真正面から比佐子の目を覗き込みながら笑った。その笑顔は、いたずら好きの少年が新しい遊びを思いついた時みたいに輝いていた。比佐子はその目が眩しくて、思わず視線を外した。そして、後からそんな自分を歯痒《はがゆ》く感じ、後悔していたのだった。

「じゃ、七時に、この前のお店でね」

香織は、小声で言うと、自分の仕事に戻った。比佐子もまたキーボードを打ち始める。さっきまでとは違って、指の動きが軽やかになっているのが自分でもわかった。

二

比佐子はもともと愛想のいい方ではないし、顔立ちも雰囲気も地味だし、決して男性にモテるタイプではないことは自分でもよくわかっている。今までの恋愛経験といえば、大学二年の時から五年間、同じゼミだった男性と付き合ったことがあるだけだ。けれど、彼は、いずれ結婚するだろうと当然のように信じていた比佐子に向かって、ある日突然、別れを切り出した。

「ごめん。他に好きな子ができたんだ」

彼は、信じられないほど、あっさりと、あっけらかんと言ってのけた。比佐子は、うっすらと微笑みさえ浮かべて向かいあっている彼の顔と、今聞いた言葉の意味が繋がらなくて、ずいぶん長い間、呆然《ぼうぜん》としていた。品のいい喫茶店には、静かなクラシック音楽が流れ、窓の外には金色に輝く銀杏が見えた。

「……どうして？」

聞き違いであって欲しいと願いながら、震える声を絞り出すと、

「別に比佐子が悪いんじゃないよ。俺が勝手に他の子を好きになっただけだから」

彼は手を振って、同じ言葉を繰り返した。

「私のどこがダメなの？」

今思えば、と、比佐子は振り返る。自分のどこが、その娘より劣っていたのか、はっきりと彼の口から聞くべきではなかったと思う。現に彼は、そのことについて具体的な言葉を言おうとはしなかったのだから。けれど、その時は、彼の理不尽とも思える突然の心変わりの原因を、どうしても知りたかった。知らないままではどうしても納得がいかないと思ったの

だ。

　さすがに言いにくそうに彼の唇が動いて、

「その、比佐子は、なんというか、きっちりし過ぎてるっていうか、堅苦しいっていうか、神経質っていうか……」

　喋り出すと止まらなくなったのか、彼は延々と愚痴をこぼすみたいに話し続けた。

「俺の部屋を掃除して勝手にマンガを捨てたり、野菜嫌いな俺に、野菜だらけのカレーを食わせたり、Tシャツにまでアイロンをかけたり、ティッシュにやたらファンシーなケースをかぶせたり……」

「それは……」

　比佐子は、思わず彼の言葉を遮《さえぎ》った。それは、全部あなたのためだと思ったから。

　でも、声にはならなかった。

「おふくろみたいなんだよ。息が詰まるんだ。……ごめん」

　それが、彼の最後の言葉だった。比佐子は、レシートを持って立ち上がる彼の背中を信じられない思いで、黙って見送ることしかできなかった。

「堅苦しい」「神経質」「息が詰まる」

　言葉が呪文のように、比佐子を縛りはじめる。

それから何度か、出会いはあった。でもいつもその言葉に囚《とら》われて、何をするにも躊躇《ちゅうちょ》した。こんなことをしたら嫌われるんじゃないか、こんなことを言ったら迷惑なんじゃないだろうか。想いはいつも心の中で空回りする。

「君って、おとなしいんだね」

ほとんどの男がそう言って、連絡をくれなくなった。「おとなしい」という言葉の裏には、面白味がない、一緒にいても楽しくないという意味が隠されている。比佐子はもちろん自分から連絡なんてできなかった。はっきりと拒絶されるのが怖いし、その拒絶の理由を知るのは、もっと恐ろしい。男性に対して、だんだん消極的になっていく自分をどうすることもできなかった。

三十歳を過ぎた頃から、自分は、きっと一生、独身で終わるのだろうと、漠然と考えるようになり、パソコンや経理関係の資格をいくつか取った。仕事のスキルを上げること、キャリアを積むこと、それが人生を豊かにしてくれる。少なくとも生きやすくはしてくれるだろうと思っていた。

待遇の良さに惹かれて、今の会社に転職したのは三年前、全国に十ほどの支社や店舗を持つ、中堅どころの食料品問屋である。最近では、通販事業部まで立ち上げて、順調に売上を伸ばしてきている。グループ会社の経理は、本社の財務部が統括しているから、各支社の経理は、毎日の売上管理や仕入管理が中心になる。慣れれば、それほど難しい仕事でもなく、支社という気楽さが自由な社風を作っていて、最初の二年間は結構楽しく過ぎた。ところが、去年、本社から雨宮が経理課長としてやってきてから、比佐子の苦悩は始まったのだった。

雨宮本人曰く、本社財務部でもエリート中のエリートだった自分が、わざわざこんな田舎の支社に来てやったのは、ひとえに支社のだらけた体質を立て直せという、オーナー会長の密命を帯びてのことだそうである。

最初は、比佐子や他の社員たちもその話を信じていたが、事実はまるで逆だった。本社でもお荷物だった雨宮を、この支社でちょうど定年退職になった前経理課長の後釜に据えただけの話で、仕事はできないくせに、妙に口だけは達者な雨宮を、体よく支社に押しつけただけのことである。

「俺は一年で、本社に戻るよ。だって、それ以上俺が留守にしていると、今度は、本社が回っていかなくなるからな」

雨宮は、自慢話の合間に時々そう言った。比佐子も雨宮が本社に戻ってくれる日を、心の底から望んでいたが、とうに一年が過ぎ、それから二カ月ほどが過ぎても、一向に本社からは呼び戻しの辞令は下りなかった。社員寮で単身赴任生活を余儀なくされている雨宮は、

「これは何かの陰謀だ。もしかしたら、俺の留守に、誰かが女房を口説こうとしているのか

もしれない。なにせ、もう少し身長があったら、絶対ミスユニバースに応募していたぐらいの女だからな」

と憤慨していた。写メで見せてもらった雨宮夫人は、四角い顔が蟹を連想させる、がっちりと健康そうなタイプで、足りないのは身長だけではないような気がしたが、仕方なく、

「若い時はお綺麗だったんでしょうねぇ」

と、お世辞を言ってやると、雨宮は心底満足そうに頷いた。

「美人と結婚するのも良し悪しだよ。いらぬ心配をしなきゃいけない」

しみじみとのたまうのだ。

その奥さんが、健康器具の販売とやらに手を出して失敗し、多額の借金を背負ったために、家の中は地獄のようになったそうだ。暴力団まがいの連中が、夜昼関係なく厳しい取り立てにやってきて、近所の手前、やむなく引っ越した。まだローンの残っているマンションは足元を見られて安く買い叩かれ、二十歳になったばかりの娘さんは、危うく風俗に売り飛ばされそうになった……そうだ。珍しく沈鬱《ちんうつ》な表情で話す雨宮の話を少し同情しながら聞いていると、彼は厳《おごそ》かに締めくくった。

「普通の男なら首吊り自殺でもするところだ。だけど、俺はこうやって生きている。やっぱりたいしたもんだな、俺は」

やはり、自画自賛ははずさない。きっと雨宮はどこまでも行っても、自分大好き人間なのだ。

でき上がった資料をプリントアウトして雨宮の前に差し出すと、彼は壁の時計にちらと目を走らせた。

「十一時を五分過ぎてるぞ。ま、今回は大目にみるが、プロなら、時間厳守」

「……はい」

比佐子は眉間に皺を寄せる。何の迷いもなく、こういう台詞《せりふ》がすらっと出るということは、自分の仕事を比佐子に押し付けたということを、きれいさっぱり忘れているか、微塵《みじん》も悪いと思ってないのかのどっちかで、そして、いつも雨宮はこんな調子だ。以前は、いちいち腹を立てていたが、最近は比佐子自身も諦めの方が強くなった。こうやって、世の中の理不尽さにだんだん慣れてきて、少しは大人になった自分を褒めてあげたいとふと思い、やばい、考え方が雨宮ナイズされてきたぞと、自分を戒める。

雨宮は、それからたっぷりと三十分間、比佐子の作った資料を眺め続け、罫線の太さが違うだの、字体が違っているセルがあるだのと、さんざん細かい指摘をして、やれやれ、まだまだだなと言いたげな様子で、比佐子にやり直しを命じた。

確かにそうなんだけど、と溜め息をつきながら、比佐子はプリンターの前で、やり直しの書類が出てくるのを待っていた。自分が悪かったことを素直に認められない何かが、雨宮の態度、人となりにはある。三回ほどダメ出しされて、やっと書類を手渡すと、もう昼休みを知らせるベルが鳴り始めた。

「雨宮経理課長」

桑原支社長の声が飛んできて、

「はいっ」

雨宮は書類を持って、直立不動の姿勢のまま、ロボットのように手足をぎこちなく動かしながら、桑原のデスクの前に立った。

「時間厳守だぞ。資料はできたのか？」

「はいっ」

両手で捧げ持つようにして、恭《うやうや》しく資料を差し出す。桑原は厳しい表情で目を通していたが、机の上に書類を置くと、雨宮を正面から見上げた。

「それで？」

「はっ？」

桑原の質問の意味を図りかねて、雨宮は、「気をつけ」の姿勢のまま、突っ立っている。

桑原は椅子に背中を凭《もた》せかけながら、腕組みをした。

「それで、雨宮経理課長としては、先月のこの数字に対して、どういう意見を、持っておられるんだね？」

桑原は、意地悪そうにわざとゆっくり言葉を区切りながら言った。雨宮はハンカチで、顔を拭いながら、小声で答える。

「ぜ、前月対比が九十一パーセントで、前年対比が八十六パーセントですから、その、売上がちょっと落ち込んでいるかと……。それに対して経費は、少し使いすぎかな、と思いますけれど……」

桑原は、わざとらしく大きな溜め息をついた。雨宮はぴくりと肩を震わせて、俯いて黙り込んだ。

だいたい雨宮は、自分より目下の者には、これ以上ないほど饒舌なのに、目上の者に対しては、妙に緊張でもするのか、借りてきた猫のように大人しく、言いたいことも言えないようなのである。特に、頭の回転が速く、弁の立つ桑原の前では、いつも最初からしどろもどろになる。小心で臆病な内弁慶なのである。

それに対して桑原は、やり手の人間の常として、弱い者には容赦しない冷酷なところがあって、今も獲物を前にして舌なめずりをする肉食獣のような面持ちで、微かな笑みさえ浮かべながら、雨宮に向かって言った。

「そんなことは、この表を見れば、新入社員にだってわかる。売上の伸びない原因と、経費の中で何が突出しているのか、どうすれば経費が削減できるのか、それぐらいのこと、俺が訊く前に、経理課長なら分析して、答えを用意しておくのが当然だろう」

雨宮は、ますます顔を俯けた。

「はっ。申し訳……」

「謝ってもらっても仕方がない」

桑原は鋭い声で言い放つと、とどめを刺すように雨宮を睨みつけた。

「もういい。だがな、給料分ぐらいは働いたらどうだ」

事務所内は水を打ったように静まり返った。雨宮は赤い顔をして、無言で深く頭を下げた。

比佐子は、最初こそ溜飲《りゅういん》の下がる思いで二人を眺めていたが、あまりに居丈高《いたけだか》な桑原と、あまりに弱腰な雨宮の姿に、嫌な気分になった。

「お昼、行こうか」

香織も同じ気持ちらしく、小声で言って立ち上がった。

「うん」

比佐子も、財布を持って事務所を出た。

三

「男の人って、やっぱり大変だなあ、って思うわ」

比佐子は、歩きながら香織に言う。

「上の者は威張ってるし、下の者はいつもびくびくして、上司に言われたら、黒い物も白いと言わなくちゃならないし。女よりもストレスを感じるでしょうね」

「雨宮課長は、要領が悪いのよ」

香織は、ぴしゃりと決めつけた。

「桑原支社長の癖を呑み込んで、ポイントだけを押さえておけばいいだけの話じゃない。要するに、馬鹿なのよ」

まあ、確かにあんまり賢いとはいえないけど、と思いながらコンビニに入る。弁当やサンドイッチの棚の前で迷っていると、香織はさっさと、カロリーゼロのゼリーとヨーグルトを掴んでレジに向かった。

「お昼、それだけで足りるの？」

比佐子は、弁当を温めてもらいながら、香織に訊ねる。香織は、きれいにカールされた髪を指でくるくる回しながら、微笑んだ。

「だって、肥ったら大変じゃない。いい男を掴まえるためには、日頃から努力しないと。女には女の戦いがあるのよ。私はまだ勝負を諦めてないし」

勝負って結婚、のことだよな。比佐子は心の中で呟く。私はもう半分方、諦めているかも。

「杉田君みたいなタイプが有望なのよ。頭も良さそうだし、社交的で要領もいい。会社だって大手だし。上手く人生渡っていきそうじゃない？」

香織が突然、杉田の名前を出したので、比佐子は胸の中が波立った。

「比佐子は杉田君のこと、気に入ってるでしょう？」

香織は、意味ありげな表情で比佐子の顔を覗き込んだ。比佐子はあわてて手を振る。

「ま、まさか。年下だし、ちょっと頼りなさそうだし。もともとあんまりタイプじゃないから」

「そう？」

香織は満足そうに微笑んだ。

「じゃ、私、いっちゃおうかな」

香織は、典型的な今風の、お洒落できれいな女の子という印象だ。背がすらりと高く、私服はいつも流行をさりげなく取り入れたファッションで、年齢よりもずいぶんと若く見える。デコ電を持ち、指はきれいにネイルされていて、比佐子なんかは一緒に歩いていると、モルとその付き人みたいに見えるんじゃないだろうか、と思うことがよくある。きっと杉田も香織みたいな子がいいに決まっていると思い、今夜の飲み会が急に気が重くなってきた。

「今夜、楽しみだわあ。遅れないでね」

見透かしたように香織は言って、華やかな笑顔で比佐子の顔を見つめた。


昼休みを終えて事務所に戻ってくると、雨宮が憮然とした表情で腕を組んで座っていた。支社長に叱られて落ち込んでいるんだろうが、それってほとんど自分が悪いんだからね、と胸の内で呟きながら、比佐子は自分の席につく。銀行へ持っていく書類を手早く専用のバッグに入れて立ち上がると、雨宮が手招きした。

「須藤君、ちょっと」

嫌な予感がした。今度は「君」づけだよ。もっとも、「須藤さん」でも、どうせろくなことはないんだけど。

雨宮は、深刻そうに眉間に皺を寄せている。その表情のまま、嫌になるほど暗いくぐもった声で言った。

「須藤君、俺はついに決心したからな」

「何を、ですか？」

「俺がいくら温厚な人間だからといって、我慢にも限度というものがある。本社の総務に何度言っても埒《らち》があかないから、直接、会長に掛け合って、異動を頼んでくる。全社的に見てもその方がいいんだ。俺は、本来、本社に必要な人材だからな。引き止めても無駄だぞ」

誰が引き止めるもんか。比佐子は心の中で、万歳三唱をしていた。果たして会長がどういう判断を下されるかは未知数だが、本人がその気になってくれたことで、微かな光が見えてきたような気がしたのだ。

「お世話になりました」

半笑いの表情で頭を下げる比佐子に、雨宮は不満そうに鼻を鳴らし、手を突き出した。

「は？」

「車のキーだよ。本社に行くんだから」

「え、だって、私、これから銀行へ行くんですけど」

「倉庫の奥に自転車があったろう。あれ、使えばいいから」

自転車って、あの、埃《ほこり》まみれでタイヤの空気の抜けた、大型ゴミ的自転車のことかよ。

「あ、あれは、ちょっと、乗れないですよ」

雨宮は、比佐子の必死の抵抗にも動じる様子はまったくない。

「だって、電車なんかで行くわけにはいかないじゃないか。かりそめにも、俺は雨宮経理課長だよ」

だから、一体どこからくるんだ？　その意味不明な自己重要観は。

「ずっと目をかけてもらってたから、会長ならきっとわかってくださるに違いない。俺は、もう心身ともに疲れきっている。癒してくれるはずの家族とも離れ離れにされて、もう一年と二カ月だ。ああ、イライラする。百均のパンツは仕立てが悪い」

いきなり立ち上がると、股間をまさぐった。

「もう、やめてください」

「なにが？」

雨宮はズボンの前をいじりながら、心底不思議そうな顔をする。いくら三十歳過ぎてるといっても、独身女性の前でする格好じゃないじゃないか。いつか、セクハラで訴えてやる。

「じゃ、俺は行くから。今日は戻ってこれないだろうな。直帰するから」

勝手にすれば。

「はい」

比佐子は、諦めて車のキーを渡し、自分は電車で行くことにした。時間はかかるが、仕方がない。雨宮が異動になってくれる可能性が少しでもあるのなら、大抵のことは辛抱できる。夜の飲み会のことがあるから、今日は残業するわけにはいかない。急いで事務所を出ようとする比佐子に、雨宮がのんびりした声で言った。

「俺の送別会は、そうだな、すき焼きでいいよ。いい店を探しておいてくれ」

「行ってきますっ」

比佐子は叫ぶように言うと、振り向きもせずに事務所を出た。

四

全国チェーンの居酒屋は、平日だというのに結構混んでいた。やはり仕事がずれ込んで時間ぎりぎりになってしまった比佐子は、駅からずっと走り続けてきたスピードのまま、店に飛び込んだ。

「いらっしゃいませっ」

威勢のいい声に出迎えられながら、店内を見回すと、奥のボックスで香織が手を振っている。香織と杉田が並んでいて、その向い側にはがっしりした体型の男性の背中が見えた。

「ごめんなさい。遅くなって」

テーブルにつこうとすると、杉田がにこやかに会釈する。

「仕事、大変そうだね。今、香織ちゃんからいろいろ聞いてたんだ」

もう「香織ちゃん」と呼ぶんだ、と一瞬淋しい気持ちがよぎったが、比佐子は精一杯の笑顔で、杉田を見つめ返した。

「いえ、ちょっと、今日は段取りが狂っちゃって」

比佐子は空いている席に腰を下ろす。隣りの男が頭を下げた。

「田所亮介です。はじめまして」

がっしりした体型というより、五年後には必ずメタボ健診にひっかかるだろうと思われるお腹を窮屈そうにテーブルと椅子の間に押し込みながら、田所は比佐子に向き直った。

「こう見えても、杉田とは同期で、同い年なんですよ」

笑うと、丸々とした頬がはちきれそうに膨らんで、目が糸のように細くなった。その細い目が、比佐子をじっと見つめているので、仕方なく比佐子は口を開いた。

「はじめまして、須藤です」

なんとなくフルネームで言いたくなかった。田所は、いかにも人の良さそうな表情で頷きながら、

「下の名前は？　何ちゃんかな？」

と、子供に言うみたいな口調で言う。香織は、笑いをかみ殺したような表情で黙って比佐子を見ている。

「比佐子です。比べるに、佐々木とかの『佐』に、子供の子」

やけくそのように言うと、田所はやっぱり頷きながら、

「いい名前だね。比佐子ちゃん、何飲む？　生ビールでいい？」

丸っこい手で、メニューを手渡してくる。

「カシスオレンジを」

「やっぱり、若い娘《こ》はおしゃれだ。俺みたいに生ビールばっかり飲んでると、こんな腹になっちゃうもんな」

狸の腹鼓のように、自分の腹をぽんぽんと叩いてみせた。

歳下のはずだけど、なに、このオヤジのニュアンス。

田所は手を上げて、店員を呼び、飲み物と食べ物をてきぱきと注文する。

「ピザ食べる？　じゃ、マルガリータね。それと焼き鳥盛り合わせを二つ。と、ご飯セット」

「ご飯って、最初から？」

杉田と香織が同時に呆れた声を出した。田所は笑いながら、

「焼き鳥といえば、ご飯でしょう」

と、また腹鼓を打った。比佐子は眉を顰《ひそ》める。ことさらに自分の体型を強調して場を盛り上げてるつもりなんだろうけど、かえってしらじらしい。苦手だな、こういう、人の良さを前面に押し出すタイプ。

「俺はさ、今の会社、外資だから選んだんだよね。ほら、徹底的な実力主義だろ。やりがいがある方がいいから」

杉田は香織だけを見て話す。

「へえ、すごおい」

香織は可愛らしく相槌を打ち続けている。こちらも杉田しか見ていない。

当たり前か。やっぱり、来なければよかった。比佐子は溜め息をつきながら、田所の食べっぷりをなんとなく眺めた。焼き鳥の串を横に持ち、器用に一つずつ肉をはずしながら口に入れ、合間にご飯をかき込む。瞬く間に四本の串を食べきった田所は、比佐子の視線に気づいて、唇の端に焼き鳥のタレをつけたまま、にっこりと微笑んだ。

「うまいよ、ここの焼き鳥。比佐子ちゃんも早く食べて。なくなっちゃうよ」

「どうも」

きっと食べ物だけで幸せになれちゃうんだろうなあ、この人。羨ましいというか、あり得ないというか。

「でも、営業成績はどうしても田所だけにはかなわないんだ」

杉田が話の続きのように言って、田所はわざとらしい仕草で頭を掻《か》いた。

「運だよ、運。たまたま保険に入ろうと考えていた人のところに、俺が訪ねていったりして、偶然タイミングが良かっただけのことだよ」

香織はまったく興味なさそうに杉田に向き直って、

「ね、アーティストは誰が好き？」

と、身体を擦りつけるようにして訊ねる。

「うーん。特に今は……。ちょっと前までは、エグザイルがいいかなって思ってたけど」

「わあ、偶然。私もエグザイル大好きなんだ」

香織と杉田は楽しそうに話し続けている。田所は食べ続け、比佐子は手持ち無沙汰に、カシスオレンジを飲み干した。

「おかわりも同じものでいい？」

田所が手を上げて、店員を呼ぶ。こういうことには、結構気がつくタイプらしい。

「生ビール、中ジョッキで」

比佐子は思わず言った。なんだか馬鹿馬鹿しくなっていた。ちょっと奮発して買ったマニッシュなスーツに、さりげなく女らしさをプラスしてなどと思って、薄いピンクのブラウスを合わせ、小粒のダイヤのついたネックレスまでして、時間がないのに、必死で濃い目のメイクをして、ハイヒールで何度も転びそうになりながら、ここまで走ってきたのに。何よこれ。ビールでも飲まなきゃやってられないわよ。

「おおっ。いい飲みっぷり。けっこう、いける口なんだ」

田所が感心したように言う。いっそ、「ぷはー」とオヤジっぽく喉を鳴らしてやろうかと思いながら、二口目に口をつけた。

「比佐子ちゃんって、なんか男前だな」

田所がしみじみした口調で言って、二人だけで盛り上がっている杉田と香織の方へ、ちらと視線を走らせた。

「引き立て役はわかってるんだけど、たいていの女の子は俺を見た途端、露骨にがっかりした表情をするんだ。こう見えて、俺って繊細だから、結構傷ついたりするんだよね」

「いきなり、本音トーク？　それなら、のこのこついてこなければいいじゃない」

比佐子は思わずきつい口調で言って、そんな自分に自分でも驚いていた。初対面の男性にこんな口の利き方をするのは初めてだった。比佐子自身も香織の引き立て役でしかないと思い知らされている矢先だから、田所の言葉に苛立ってしまうのかもしれない。

田所は、比佐子の思惑になんか全然気づかない様子で呟いた。

「二人女の子がいるだろう。杉田が選ぶのは、いつも俺が嫌いな方だから、別にいいんだけどさ。もう一人の女の子が、憎しみを込めた目で俺を見るのが辛いんだよ。なんか、俺が悪いことしてるみたいで」

そして、今日はその女の子が私ってわけね。比佐子は大きく溜め息をついた。田所の無神経さにも、杉田と香織の勝手さにも腹が立った。そんな杉田に惹かれて、もしかしたらと淡い望みを抱いてやってきた自分自身が情けなくて、涙が出そうだった。

「生ビールおかわり、大ジョッキで」

比佐子は叫び、杉田と香織がぎょっとしたようにこちらを見た。

「じゃ、俺も大ジョッキで」

田所も手を上げる。

「かんぱーい」

やけくそのようにジョッキを合わせて、一気に三分の一ほどビールを飲み下すと、比佐子と田所は、示し合わせたように「ぷはー」と息を吐いた。

「気が合うみたいね、お二人」

香織が馬鹿にしたような笑みを浮かべながら言った。

「まあね」

比佐子は酔いが回ってきて、訳もなく楽しくなってきた。

「似た者同士だからねえ、私たち」

言いながら、田所ともう一度ジョッキを合わせる。

「じゃんじゃんいってよ」

杉田が笑いながら言った。ふん、言われなくても勝手にやるわよ。あなたたちも勝手にいちゃいちゃやってなさいよ。比佐子は心の中で毒づいた。本当に男ってわかりやすくって、馬鹿ばっかり。

気がついたら、比佐子は田所相手に、雨宮の悪口を喋りまくっていた。ろくに仕事もできないくせに、事あるごとに自慢話ばかりをする上司、このままいけば、自慢話のカテゴリーが十を超える日も近いだろう。身振り手振りを交えながら話すと、田所は心底おかしそうに笑った。比佐子は話しながら、これほどたくさん喋ったのは久しぶりだと思い、目の前の田所の笑顔に、なぜこの人には、これほど話しやすいのだろうと不思議に思った。

「でね、百均のパンツの仕立てが悪いとかで、こうするわけよ。わざわざ立ち上がって、こう」

比佐子が立ち上がって股間に手をやると、さすがに香織が制した。

「比佐子、やめなさいよ。飲み過ぎよ」

「でもわかるなあ、その人の気持ち」

田所がゆったりした口調で言う。

「男の辛さってやつ」

「どこが」

比佐子は椅子に座り込んでビールを飲み干した。

「おかわり」

「だめよ。何杯飲んでるの？」

香織の心配そうな声に被せるように、杉田も口を出す。

「須藤さんって、見かけによらず、結構激しいんだな」

カチンときた。

「見かけによらずって、どういう意味？　激しいって何が？」

杉田は明らかに困惑した様子で、薄ら笑いを浮かべて田所に向かって言った。

「頼むよ、田所。俺、こういうの、苦手だからさ」

「こういうのって、なによ」

しつこくつっかかる比佐子に、杉田は露骨に顔をしかめた。

「だから、女の酔っ払いは、嫌いなんだよ」

比佐子は、酔いでぐらぐらする頭の中で、ああ、失敗したと思ったが、次の瞬間には、もういいやと開き直る気持ちで言い募った。

「酔っ払うのに、男も女も関係ないでしょ。それって女性蔑視じゃない」

「まあまあ」

田所はマンガの中の登場人物みたいに両手を広げて、二人の間に割って入る。

「ここはひとつ、穏便に」

「もう嫌。私、帰る」

香織がバッグを掴んでいきなり立ち上がり、

「待ってよ、香織ちゃん。送っていくから」

その後を、あたふたと杉田が追いかけて店を出ていった。

比佐子と田所は取り残されて、しばらく、ぼうとしたまま二人並んで座っていた。腕時計を見ると、十一時半を回っている。終電は何時だったかなあと思いながら、比佐子はゆっくりとバッグを引き寄せた。

「お騒がせしました。私も帰る」

立ち上がる拍子に、ぐらりと身体が揺れ、田所の大きい手が腰を支えた。

「さわらないで」

自分ながらきつい声だと、比佐子は思った。田所は慌てて手を離し、「ごめん」と謝る。

「私は男嫌いなんだから。本当に男ってみんな、最低」

よろけそうになる足を必死で踏ん張りながら、比佐子は立ち上がる。

「わかった、わかった」

田所はレシートを持って、比佐子をガードするように、後ろからついてくる。

「もう、うっとおしい」

比佐子は、身体を揺らしながら悪態をついた。田所は怒る様子もない。

「男嫌いはわかったから、駅まで送るよ。絶対手は触れないからさ」

繁華街は、まだ大勢の人々が歩いていた。比佐子は舗道をゆらゆら歩き、その後ろを田所が大きな身体を屈《かが》めるように小さな歩幅で歩く。比佐子は喋るのも面倒で、ただ転ばないようにだけ気をつけながら黙って歩いた。自分で、自分の足が自由にならない。これだけ飲んだのは、ずいぶんと久しぶりのことだ。杉田に「女の酔っ払い」と言われても仕方がなかったなと思い、そう思うと、自己嫌悪でどんどん気持ちが沈んでいった。

「もう、大丈夫だから」

駅の改札口で比佐子が振り向くと、田所はいつのまに買ったのか、缶ジュースを差し出しながら微笑んだ。

「アルコールを分解するためには、大量の水分が必要だ。今夜は、お茶とか水を飲んどいた方がいいよ。明日、楽だから」

比佐子は、プルトップを開けてそれを一口飲んだ。冷えたオレンジジュースが喉を通り、身体中が喜んでいるみたいに染みとおった。

「今日は、比佐子ちゃんと話せて楽しかったよ。じゃ、気をつけて」

丸い顔の中で、頬が持ち上がって目が細くなる。誰かに似てるんだよなあ、この笑顔。比佐子はぼんやり思い、片手を軽く上げ、駅の反対側へと向かう田所の後ろ姿を見送った。こういう時、有難うっていうべきだったよなと、ぐずぐず思い、ま、いいか、どうせもう一生会わないだろうし、とそのまま改札に向かう。

駅の構内には、仲の良さそうなカップルや、飲み会の帰りなのだろう、はしゃいだ声を上げているグループが散見された。比佐子はホームで電車を待ちながら、無意識に後ろを振り返る。田所があの笑顔を浮かべて、ぼうと立っているような気がしたのだ。もちろん、どこにも彼の姿はない。比佐子は苦笑しながら頭を振った。私は、いったい何を期待しているんだろう。

最終電車の到着を知らせるアナウンスが頭の上で流れている。轟音を上げながらホームに入ってきた電車の窓に映る自分の姿に向かって、比佐子は呟いていた。

「つまらない女だ、私」

五

二日酔いの重い頭を抱えながら出社すると、雨宮はいかにも機嫌のいい声で、自分から比佐子に挨拶した。

「おはよう。いい天気だね」

「……そうですか？」

窓の外には、どんよりした黒い雲が広がり、今にも雨が降りそうだ。

「ユダヤ人の挨拶でさ、『今日は雨の降るいい天気ですね』っていうのがあるらしい。さすが世界中に散らばっても、頑張って生き抜いてきた民族だよ。考えてもみろよ。雨が降るからこそ、作物って育つんだろう。晴れの日だけが、いい天気だなんて思ってると、柔軟性のない、せせこましい人間になっちゃうよ。」

「……はあ」

返事をするのもだるい。なんだか、軽い吐き気もする。

「なんだ、なんだ。しょぼくれた顔をして。そんな顔をしてると、男も寄ってこないぞ」

よけいなお世話だ。

比佐子は返事もせずに、のろのろと自分の席に座って、パソコンのスイッチを入れた。雨宮は幸福そうな表情で、しゃべり続ける。

「会長はやはり人間の大きさが違う。器っていう奴だな。眼力があるというか、人を見抜く力があるっていうか」

昨日本社に行って、さぞかしおだてられて帰ってきたんだろうけど、体調の悪い時に、自慢話はパスだからね。比佐子は聞こえない振りで、忙しげにキーボードを叩いた。

「会長はな、こう言われたんだ」

雨宮は遠い目をして言った。人が聞いていようがいまいが、関係ないらしい。

「雨宮、お前には冷や飯を食わせることになってすまん。しかし、俺の身を切られるような辛い気持ちもわかってくれ。可愛い子には旅をさせろというだろう。だけど、今度こそ、お前の能力を存分に発揮できる場所を与えようと思う。どうだ？　俺を助けてくれるか？」

雨宮は身を震わせて、感に堪えないといったふうに目を閉じた。

「当たり前じゃないですか。男雨宮、会長のためなら、この身を投げうつ覚悟はとうにできております る」

時代劇になってますけど。

比佐子は、業者からの請求書を見積書とつき合わせてチェックする。なんだ、これ。仕入値が違ってる。五パーセントの値引きが抜けているじゃないか。あのオヤジ、またごまかすつもりだな。

「たとえ火の中、水の中、あなたのためならどこまでも……」

「雨宮課長」

比佐子は呼びかけた。雨宮はちょうど立ち上がって、両手を広げたところだった。興をそがれた不機嫌な顔で比佐子を見る。

「なんだ？」

「市川フーズさん、今月の請求書、値引きになってませんよ。ちゃんとお話しして頂いてるんですよね？」

「当たり前だ」

腕を組んで椅子に座り込む。

「俺ほどの人間が、そんな初歩的ミスをすると思うか？」

市川フーズの卸している缶ジュースの缶に多量のへこみが見つかって、販売店からクレームが寄せられていた。返品を余儀なくされ、そのペナルティとして、今回の仕入には値引きが課せられたはずだった。

「ちゃんと、見積書は変更してあるだろう？」

確かに見積書には雨宮の字で大きく、「マイナス五パーセント」と手書きされている。だけどなあ、と比佐子は思う。雨宮には、言いにくいことをなかなか言えない気弱なところがあって、そういう仕事はどんどん後回しにする傾向があり、その結果、きれいさっぱり忘れてしまうということが今までに何回もあった。嫌な予感に浸されながら、

「じゃ、先方に電話してみます」

と、比佐子が言うと、雨宮は大袈裟《おおげさ》に手を振った。

「いい、いい。今回は俺が電話してやる。須藤君には言いにくいだろうから」

恩着せがましく言うと、受話器を取り上げた。

「おはよう」

香織が向かいの席についた。雨宮の電話に聞き耳を立てていた比佐子は、あわてて香織に向き直って、手を合わせた。

「その、昨日はごめん。飲みすぎちゃって……」

香織は無表情に答える。

「いいわよ、別に」

何よ、そのふてくされた態度は、と思ったが、口には出せない。職場の人間関係を険悪にしてまで自分に正直になる勇気は、比佐子にはない。

「本当に、ごめん」

もう一度謝ると、香織は吹き出した。

「嘘、嘘。本当は比佐子にお礼を言いたいぐらいよ。実はね、あれから杉田君とね……やだぁ、やっぱり言えない。恥ずかしい」

華やかな香織の笑顔を呆然と見つめながら、比佐子は眉をしかめた。二日酔いの頭痛が、これでもかと頭を締めつけてくる。

いいわよ。たいしたことじゃない。どうせ杉田君は最初から、香織を狙ってたんだから。二人があれからどこへ行って、何があったかなんて、私には関係のないことだ。

比佐子はこめかみを押えた。ずきずきと、脈と一緒のリズムで痛みが繰り返される。

「だから、しょうがないでしょ。こっちもクレームで大変だったんだから。それとこれとは話が別だって言われてもさ、あなたも商売やってるんなら、わかるでしょ。少しぐらい責任取りなさいよ。そりゃ、今頃言うこっちも悪いかもしれないけど。頼むから、ね、お願い、俺にも立場ってものが」

　雨宮の押し殺した声が聞こえてくる。やっぱり、先方に言ってなかったんだ。まったく何をやってるのよ。いいかげんにして。どいつもこいつも。

　比佐子は、ふらつきながら立ち上がり、ちょうど事務所に入ってきた桑原支社長にぶつかりそうになった。

「すみません。おはようございます」

「どうしたの？　顔色が悪いみたいだけど」

　桑原が覗き込む。

「いえ、大丈夫です。……コーヒーを淹《い》れてきます」

「あ、ちょっと、須藤君」

　呼び止められて振り返ると、桑原が優しげな笑みを浮かべている。

「君にとっても、結構グッドニュースだと思うんだけど」

　くすくすと笑いながら続けた。

「雨宮課長が異動だ。後任はもう決まったから」

「はっ、そう、ですか」

確かにいいニュースだ。これで少しは私のストレスも軽減される。

「今度の経理課長は有能だよ。俺の大学の後輩なんだけどね、ＭＢＡも持ってるし、口先ばっかりじゃないしね」

桑原は、電話に向かって頭を下げ続けている雨宮をちらと眺めた。

「雨宮君もかわいそうだけど、仕方ないよな。自己責任っていう奴だ。会社ってのは厳しいもんなんだよ。稚内《わっかない》支店に転勤だ」

「稚内って……本人は知ってるんですか？」

比佐子は思わず聞き返した。昨年、札幌支社ができて、北海道地区は全部札幌で統括することになったから、稚内支店は、確か今年中で閉鎖になるはずだ。

「どうだろうなあ。会長にうまいこと言われて、有頂天になってたらしいから、行き先なんか聞いても耳に入ってないんじゃないかな」

桑原は、おかしくてたまらないといったふうに笑いながら、自分の机に向かって歩いていく。その背筋のぴんと伸びた後ろ姿を見送りながら、比佐子は小さく溜め息をついた。また頭が痛み出して、顔をしかめた。

「市川フーズの件は、解決したから」

比佐子が席に戻ると、雨宮は、してやったり顔で言った。

「俺が一声出せば、あそこの社長は、ぐうの音も出ないんだ」

ああ、そうですか。その割には長いお電話でしたけど。

「しかし、あれだな。俺がいなくなると、須藤君が大変になると思うけど、ま、よろしく頼むよ」

上機嫌な雨宮の顔を見ながら、比佐子は探るように言った。

「課長はスキーがお好きだから、まあ、よかったじゃないですか」

「特に好きってわけでもないんだけど、俺ってスポーツ万能だから、何でも人並み以上にできちゃうんだよ。で、なんでスキーなんだ？」

比佐子は次の言葉につまった。やっぱりわかってないんだ、この人。

「稚内は寒いと思いますけど、お身体に気をつけて……」

消え入りそうな小声で言うと、雨宮は身を乗り出した。

「ワッカナイって言ったのか？　ワッカナイって、もしかして、あの稚内のことか？　あそこは年内で閉鎖だろう」

そうだよ。その稚内支店に、あんた、異動なんだよ。

「まさか」

雨宮は、心底「まさか」と思っている。まさか、有能なこの俺が稚内だって？　冗談も休み休み言えよ、って思っている。比佐子は読心術みたいに、雨宮の心の動きを読みながら、深々と頭を下げた。

「お世話になりました」

「いやいやいや……」

雨宮は心ここにあらずみたいな表情で、天井を見上げた。きっと昨日の会長とのやりとりを必死で思い出そうとしているんだろう。

「雨宮経理課長」

桑原の声が飛んできて、

「はいっ」

雨宮は椅子から飛び上がった。小走りで桑原のデスク前まで行き、直立不動で突っ立つ。

「雨宮課長はここへ来て、どれぐらいになる？」

「はっ。一年と二カ月ちょっとになります」

桑原は、厭味《いやみ》にも思えるほどの爽やかな笑みを浮かべて言った。

「ま、短い間だったけど、ご苦労さまだったな。新天地でも持ち味を生かして頑張ってくれ。

明日から新しい人間が来るから、引継ぎをよろしく頼む」

「はっ」

雨宮はかしこまって頭を下げた。

「……ところで、私の行き先について、支社長はなにかお聞きおよびでしょうか?」

「お聞きおよびも何も、君が昨日、会長に直訴しにいって決まったことなんだろう?」

桑原はまた獲物をいたぶるゾーンに突入し、口元には残忍そうな笑みが浮んだ。

「稚内は、自らの希望じゃないのか?」

「ま……」

雨宮は何かを言いかけて口を噤《つぐ》んだ。「まさか、自分から希望するはずがないじゃないですか」の「ま」だな、と比佐子は思う。桑原は無頓着に続ける。

「ちょうど良かったじゃないか。向こうはゆっくりしているらしいし、スキーでもして、温泉に浸かって、のんびり暮らせるぞ。羨ましい限りだな」

「じょ……」

「冗談じゃないですよ」と言いたいんだな、と比佐子は思う。桑原は笑いながら立ち上がり、励ますように雨宮の肩を叩いた。

「ま、これからあっちは寒いだろうけど、風邪なんかひかないようにな。じゃ、俺はちょっと出かけるから」

「い……」

「行ってらっしゃい」ぐらい、ちゃんと言えよ、と比佐子は思う。本当に意気地がないんだから。

雨宮は肩を落とし、足を引《ひ》き摺《ず》りながら自分の席に戻ってくる。「落魄《らくはく》」という言葉を身体全体で表現しているみたいだ。この調子なら、今日は自慢話はないだろうと、比佐子はパソコンに向かう。仕事が溜まっている。ようし、今日は稼ぎ時だぞ、頑張ろう、と痛み続けるこめかみを押さえた時、向かいの香織が囁き声で比佐子に話しかけてきた。

「雨宮課長って左遷されるの？」

「そうみたいね」

香織はますます声をひそめる。

「よかったじゃない、比佐子」

「まあね」

香織はくすくす笑いながら言った。

「たまには、いいこともないとね」

なんかひっかかるんだよね、この娘《こ》の言い方。比佐子は頭痛に顔をしかめながら、パソコンを打ち続けた。

「須藤君」

思いつめた声音に顔を上げると、どんよりした雲を体中に巻きつけたみたいな、どす黒い雰囲気を漂わせた雨宮が比佐子を見つめていた。悪寒に思わず身を震わせながら、

「はい」

と返事はしたものの、立ち上がってそばに行くのを躊躇していると、

「ちょっと」

と言いながら、幽霊のようにゆっくりと手招きする。仕方なく雨宮の前に立つと、彼の視線は比佐子を通り越して、遠くを眺め始めた。

「思いおこせば三十二年前、この会社に来る前に面接に行ったあの会社、あそこに勤めていれば、今、このようにプライドがずたずたになることもなかった。あの会社の社長はきっと人情に厚い人格者だったに違いない。ああ、本当に俺はなんて馬鹿だったんだ。あの時、あっちを選んでいれば、俺のことだから、今頃、取締役にはなっていただろう。今日という日が来ると知っていたなら……」

「あの、課長。私、ちょっと忙しいんですけど」

比佐子の言葉に視線を戻した雨宮は、悲しげに頭を振りながら言葉を吐き出した。

「たった一人の部下にも見捨てられ、家庭は崩壊、会社は俺に地の果てまで行ってこいと言う。……須藤君、このビルは何階建てだったかな？」

「三階建てですけど」

「飛び降りたら死ねるだろうか？」

「微妙、ですね」

雨宮は事務所中に聞こえるほどの大きな溜め息をついてから、おもむろに自分のカップを差し出した。

「コーヒー、おかわり」

「はい」

カップを持って、給湯室へ行きかける比佐子に、香織が声をかけた。

「雨宮課長、大丈夫なの？　かなり落ち込んでない？」

比佐子は手を振って答えた。

「大丈夫、大丈夫。コーヒーが欲しかっただけだから」

この支社で、彼のことを一番よく知ってるのはきっと私だから。そう思いながら、自分のカップもついでにトレイに載せる。

二日酔いには、水分補給。

田所のふやけたような顔が浮んできて、比佐子はあわてて首を振った。

六

空は気持ちよく晴れ上がっていた。駅前大通りの街路樹の葉は、そろそろ色づき始めている。比佐子は会社へと急ぎながら、今日の仕事の段取りを考え、帰りにレンタルビデオ店によって借りるＤＶＤのことや、冷蔵庫の中身を思い出しながら、夕食の買物に思いを馳《は》せる。学生時代には憧れた一人暮らしも、十年を過ぎると、平凡な毎日の繰り返しに過ぎない。実家の母が、電話の度に「いい人いないの?」と、決まり文句のように言って電話を切るのも、マンションの管理人が、会う度、「女性の一人暮らしなんだから、戸締りは気をつけてくださいよ」と親切ごかしに言うのにも、いちいち腹が立たなくなった。大人になったというより、そういう言葉たちが、慣用句のようにごく自然に右耳から左耳へと抜けていくだけのことだ。こうやって、歳をとっていくんだろうなあ、と思い、周りを歩く人たちを眺めてみると、みんな、たいして面白くもなさそうに歩いている。

「あと、二十日」

比佐子は呟《つぶや》いてみる。あと二十日で、雨宮は異動になる。毎日、彼の自慢話に振り回されることもなく、仕事の遅さにイライラすることも、要領の悪さにキレることもなくなる。

後任の藤木は、三十七歳。いかにも頭の良さそうな切れ長の目と鼻梁の高い鼻、活動的な感じのする大きな口、よく通る声の持ち主だ。物腰も柔らかで、いつも口角が上がっていて愛想もいい。エクセルやワードにも精通しているらしく、必要なフォームは、何でも手早く作ってしまう。今時、日本語入力しかできない雨宮とは、まず、そこで一線を画している。藤木が来てから、まだ三日だが、明らかに雨宮との能力の差は歴然としていて、それでも、偉そうに上から物を教えようとする雨宮の姿は、滑稽を通り越して哀れにさえ見えた。

「おはよう。須藤さん、早いんだね」

会社の玄関前で、ちょうど藤木と一緒になった。

「女子社員は、掃除当番とかいろいろあって。藤木さんこそ、お早いですね」

エレベーターのボタンを押しながら、藤木は笑った。

「だって、新入社員だからね。一番乗りじゃないと、なんか偉ぶってるみたいだし」

「そんなことないですよ」

答えながら、比佐子は彼の端正な横顔を盗み見る。同じ人間で、どうしてこうも違うんだろうかと思い、些細なことで、いちいち偉ぶっている誰かさんに、ツメの垢でも煎じて飲ませてやりたいと思う。

「藤木さんって、ＭＢＡ持ってるんですよね。すごいですね」

「別にすごくないよ。大学が向こうだったから、なんとなく取っただけで」

「向こう」ってアメリカってことだよな。カッコいいよな、やっぱり。

「今日、桑原さん、いや、支社長から言われてるんだけど、Ｍ銀行の支店長に挨拶に行かなくちゃならなくて。あとで、場所とか教えてくれる？」

「はい、わかりました」

比佐子は笑顔で答える。支社長のことを、さらっと「桑原さん」と呼ぶのも対等な感じがして素敵。誰かさんみたいに、呼ばれるたびに必要以上にかしこまって、言いたいことも言えずに目を白黒させている奴とは、えらい違いだ。

エレベーターが三階に着いて、扉が開くと、その「誰かさん」が憮然とした表情で、目の前に突っ立っていた。

「あれ、今日は早いんですね」

「本社に行ってくる。総務から呼ばれてるんだ。藤木君、俺は午前中いないけど、昨日教えたアレ、資金繰り表やっとくように。キャッシュフローでね。わかる？　意味」

「わかります」

藤木は笑顔で頷く。当たり前だろ、わかるに決まってるんだよ。彼はアメリカ帰りで、MBA持ちなんだからさ、と比佐子は心の中で叫ぶ。こういう時も笑顔で応対できる藤木さんってすごく大人だ。やっぱりツメの垢、飲ませないと。

「ねえねえねえ、聞いた？　藤木さんって独身だって」

給湯室で洗い物をしていると、香織が入ってきて、嬉しそうに言った。

「外資のコンサルタント会社から、支社長が引き抜いたらしいんだけど、前の会社でもすっごいエリートだったって。ここでもすぐに幹部になると思うわ。ていうか、いずれは、本社の取締役とかになるかも。年収はすぐに一千万円ぐらいになるんだろうなあ」

憧れるように天井を見上げる。

「決めた。私、藤木さん狙いでいくから」

一人で喋って、小さくガッツポーズをしている香織に、比佐子は呆れて言った。

「あんた、杉田君と付き合ってるんでしょう？」

香織は笑って手を振る。

「いい、いい。あんなショボい男。良かったら比佐子にあげる」

何、それ。ほんとに人間性疑うよ、この娘《こ》。

「ああ、そうそう」

香織は思い出したように言った。

「田所っていたでしょ？　あの肥った変な人。あの人、比佐子の連絡先を教えてほしいって言ってきたから、携帯の番号、教えといたから」

「ええっ」

何、勝手なことしてんのよ、と怒ろうとする比佐子に、香織は得意の可愛らしい笑顔で、

「比佐子もなかなかやるじゃない。お幸せに」

と言いながら、給湯室を出ていった。その後ろ姿を呆然と見送りながら、比佐子は溜め息をつく。香織のはっきりした目的意識に、ある種の羨ましささえ感じる。それに比べて、自分はどうだろう。婚活に一所懸命努力するわけでもなく、そうかといって、一生、仕事に生きるほどの覚悟もできていない。目の前の出来事に一喜一憂しながら、ただ漫然とその日その日をやり過ごしているだけだ。

給湯室の小さな窓から、晴れ上がった秋空が見える。比佐子は、もう一度大きな溜め息をついた。


午後、本社から戻ってきた雨宮は、妙に明るい表情だった。

「須藤君、須藤君」

手招きもいつもより力強い。

「男、雨宮、言いたいことはすべて言ってきた。これで思い残すことはない」

得意そうに鼻を膨らませる。

「思い残すことって……もしかして、会社辞めるんですか？」

いくら雨宮でも今回の異動は、さすがにこたえたということだろうか。

「まさか。俺が辞めたら、この会社はどうなる」

雨宮は、心底驚いたように目を見開いた。

別に、どうにもならないと思うけど。比佐子は、例のごとく心の中で呟く。

「ただでさえ単身赴任は金がかかる。まして、今度は稚内だ。家庭崩壊寸前の我が家に対して、それ相応の待遇を要求しただけだ」

家庭が崩壊しそうなのは、会社の責任ではないと思うんですけど。

「まず、第一に息子の大学の授業料。これをなんとかしてもらわないと、俺は安心して、稚内には行けない、と言ったんだ」

雨宮は、得々としゃべり続ける。

「次に娘。今付き合ってる彼氏の子供が腹の中にいる。結婚式費用が必要だ。世間体ってものがあるからな。それと妻、借金を抱えて、かわいそうに今は夜中までバイトしている。このままでは体を壊して病気になるかもしれない。そうなったら、それこそ大変だ。だから借金をいったん会社に肩代わりしてもらう。それから、俺については、あんなド田舎に行くんだから、車は絶対に必要だ。地球環境を考えたら、ハイブリッドカーぐらい買ってもらわないと……」

比佐子は、あんぐりと口を開けた。呆れて物も言えないとは、このことだ。

「そ、それ全部、会長に言ったんですか?」

雨宮は残念そうに首を振った。

「いや、あいにく会長はお留守だった。仕方がないから、社長に言ったんだけどな。あれはダメだな。肝っ玉が小さくて」

比佐子は軽い眩暈《めまい》を感じた。雨宮は、今はやけくそになっていて、会社なんかクビになってもいいと思っているか、それとも、単なる本物の馬鹿か、どっちかだ。そして、きっと答えは後者だろうと、比佐子は結論づける。雨宮は不服そうに付け加えた。

「なんで、社長は、あんなに金を出し渋るんだろうなあ。理解できないよ」

あんたの方がよっぽど理解不能だよ。

「ま、そういうわけだから」

雨宮は、余裕たっぷりに微笑んでみせた。

え？　何がそういうわけなんだ？

「社長が、時間が欲しいっておっしゃるんだ。だから、稚内転勤はもうちょっと先になるかもな」

「ええっ？」

比佐子は思わずのけぞった。なんだ、それ。この「雨宮要求」って、もしかしたらこの人の作戦？　「稚内に行かなくてもいいかも作戦」とか？　それなら、さっきの「本物の馬鹿」呼ばわりは撤回しないと……などと考えていると、藤木が、雨宮のデスクにやって来た。

「雨宮課長、私、これからM銀行の支店長とアポがありますので出かけます」

雨宮の顔色がさっと変わる。きっと彼のプライドが、「支店長」という言葉に反応し、「アポ」という言葉に少しばかり傷ついたに違いない。雨宮はさも余裕ありげに、鼻先で笑おうとして失敗し、鼻をひとつ大きく鳴らしてから、口を開いた。

「藤木君。前から言おうと思ってたんだが、君はなにか勘違いをしてやしないか？」

「は？　何をでしょう？」

雨宮は腕組みをして、背中を椅子に持たせかける。「俺は偉いんだぞう」のポーズだ。

「銀行の支店長と会うなんていうのは、俺のように、ここの資金繰りを熟知し、今後の売上の展望も踏まえて話のできる、有能なベテラン経理マンでないと無理なんだよ。君のような駆け出しの青二才が、いくら賢そうに喋ったところで、海千山千の銀行マンにはすぐに底の浅さを見破られてしまう。恥をかくのは、君じゃなくて、会社なんだよ、会社。わかるかな？」

藤木は、うっすらと微笑みながら頷いた。

「わかります」

「わかってるんだったら」

雨宮は、聞こえよがしの大きな声を出した。

「自分の分《ぶ》というものをわきまえろ。俺を差し置いて、勝手なことをするな」

「はあ、しかし……」

「言い訳は無用だ。見苦しい」

雨宮は、自分の優位を示すためにマウンティングをしているゴリラみたいに胸を張って鼻を膨らませながら、事務所内を見渡した。藤木は落ち着いた様子で言った。

「しかし、もうアポも取れていますし、桑原支社長もそのおつもりでおられると思いますので」

「支社長が？」

「はい。支社長から一緒に行こうと言われまして。銀行の近くで待ち合わせしてるんです」

雨宮は急にもじもじして、自分の爪を見つめたり、擦《こす》ったりしながら、口の中でもごもご
と言った。

「そういうことは、早く言ってくれないと……」

それからおもむろに顔を上げ、きっぱりした口調で言う。

「じゃ、行ってくれ。俺が許す」

藤木は笑いをかみ殺したような顔で頭を下げた。

「はい。では、行ってまいります」

「うむ」

雨宮はまた腕を組んで、ふんぞり返った。

なにが「うむ」だよ。だいたい会長や社長には、言いたい放題なのに、なんで桑原支社長
にはやたら卑屈なんだろう？　比佐子は呆れながら自分の席に戻った。

「藤木さんの歓迎会、金曜日の夜、『ポン太』でするから」

香織が話しかけてくる。

「ええっ。もう？」

「だって、早い方がいいでしょ？　みんな、藤木さんのこと、歓迎してるわけだし」

香織は当然のように言う。比佐子は、なんとなく大事なことを忘れているような気がして、それから、すぐに思い出した。

「雨宮課長の送別会もあるでしょ？　一緒にするんだと思ってた。歓送迎会って感じで」

香織は面倒くさそうに答える。

「別にしなくてもいいんじゃないの。だいいち、雨宮課長って、ほんとに転勤するの？」

「そりゃあ、会社決定なわけだし。本人も、すき焼きがいいとか言ってたし」

「あの人、一生、ここにいるような気がする」

香織の不吉な言葉に、比佐子は絶句する。実を言うと、比佐子自身もなんだかそんな気がしてならないのだ。いや、と比佐子は首を振る。雨宮経理課長は、稚内支店に転勤する。絶対、絶対、転勤する。だから、送別会をやらなくちゃ。

「『ポン太』ってすき焼き、あったっけ？」

「知らないわよ」

香織は興味なさそうに、いつもの癖で髪の毛をくるくる指で回し始めた。

「歓送迎会ってことで、一緒にやってしまおうよ。その方がいっぺんに済んでいいじゃない？　なんなら、私、段取りするから」

比佐子は身を乗り出した。香織は呆れたように比佐子の顔を見る。

「ほんと、比佐子って、雨宮課長のことになると必死だよね。……実は好きだったりして？」

「何、馬鹿なこと言ってるのよ！」

思わず大声になった。一刻も早く追い出したいからの送別会じゃないか。そんなこともわからないの？　この娘《こ》。

「そこ、静かに。仕事をしなさい、仕事を」

雨宮が、鼻くそをほじりながら言った。

「はあい」

香織がのんびりした声で、どうでもいいように答えた。比佐子は、崩れるように椅子に座り込んだ。

七

携帯電話のディスプレイには登録されていない電話番号が浮かんでいる。

比佐子はしばらく眺めてから、電話をそのままバッグにしまいこんだ。その電話が田所からなのはわかっている。毎回必ず、留守番メッセージが入っているからだ。

「こ、こんにちは。覚えてるかな？　た、田所です。この前は、どうも。楽しかったです。あの、実は、よかったらでいいんだけど、今度ピー」

もたもたした田所の声は、いつも途中でピー音にかき消される。田所も少しは学習すればいいものを、毎回、「こ、こんにちは」から始めるので、短い留守電では、いつも用件まで辿り着かない。比佐子は、こういう時はかけ直すのが礼儀なんだろうなと思いながら、それができないでいる。どうしても田所が嫌いというわけではない。食事に行くぐらいならいいと思う。けれど、男性との付き合いを始めるのが億劫《おっくう》なのだった。食事に行って、映画に行って、休みのたびに逢うようになって、着ていく服を迷ったり、相手の気持ちを推し量ってイライラしたり、電話がなくて不安になったりしたあげく、きっといずれ、「君っておとなしいんだね」って言われるのに決まっているのだ。そんなことで無駄な時間を使うぐらいなら、家でビールでも飲みながら、気に入ったＤＶＤでも観ていた方がずっといい。そうすれば、傷つかなくて済む。自分はこうやって歳をとっていくんだ。それでいいんだ。それに、田所は特に好きなタイプでもないし、と比佐子は自分に言い聞かせた。

「今、帰り？」

突然、背後から声をかけられて比佐子は驚いて振り向いた。藤木が微笑みながら立っている。

「お疲れさまです。今、銀行から?」

藤木は毎日のように銀行へ出かけている。支社長からの指示ということなので、雨宮もさすがに本人には何も言えないらしいが、時々、陰口みたいに、

「何をしてるやら、わかったもんじゃない。第一、新人にしては横着過ぎる」

と憤然と言った。昼休みが終わってから出かける藤木は、たいてい会社に戻ってくるのは夕方の六時ぐらいだ。確かに銀行の支店長と毎日そんな長時間、何を喋っているのか、不思議ではある。

藤木は白い歯を見せて、爽やかに笑った。

「なんだか長引いちゃって。支店長さんとゴルフの話で盛り上がってね」

「そうなんですか」

この人なら、きっとゴルフも上手いんだろうなと思う。

「今度の金曜日、僕の歓迎会をしてくれるって?」

「ええ、そうらしいですね」

「須藤さんも来てくれるの?」

胸がどきんと高鳴った。比佐子はそれを気取られないように、慎重に頷いた。

「私も行きますけど」

「そう、よかった」

藤木の屈託のなさそうな笑顔を見つめながら、比佐子は必死に自分に言い聞かせる。これは単なる社交辞令だ。アメリカ帰りなんだもの。きっと誰にでもおんなじようなことを言ってるのに決まっている。けれど、藤木は急に真剣な表情になって、そんな比佐子の思惑なんか吹き飛ばすように、真正面からじっと見つめてきた。

「歓迎会の後、ちょっと時間とれないかな？　君と話したいんだ」

比佐子は軽い眩暈を感じた。「君」なんて呼ばれたのは、ずいぶん昔のことのような気がする。いいですとも。いくらでも時間はとります。どうせ暇なんだから。

比佐子は、こくんと頷いた。声も出ないほど緊張していた。藤木は嬉しそうに笑った。

「じゃ、金曜日に。楽しみにしてるよ」

藤木のすらりとした後ろ姿を呆然と眺めながら、比佐子は雨宮の送別会の段取りも、田所の電話のこともきれいさっぱり忘れていた。

八

営業課長は厳しい表情で雨宮を睨んでいる。雨宮は妙に落ち着き払った様子で腕組みをしていた。朝一番にやってきた営業課長は、コーヒーを配り始めた比佐子にぶつからんばかりの勢いで部屋に入ってきて、雨宮のデスクの真正面に立ったのだった。

「いくら経理だからって、少しは営業の苦労をわかろうと努力したらどうだ？　買ってください、はい、そうですか、なんて簡単な商売ができるわけがないだろう。こんなご時世に」

営業課長の声は苛立っている。

「自家用車で走り回っている営業の身にもなれよ。キロ換算で、ガソリン代だけ貰ったって、車っていうのは、それだけじゃ済まないんだからな。タイヤも減るし、オイルも交換しなくちゃならない。車検だって」

雨宮は手を上げて、彼を制した。

「もちろん、こちらはあなたのハンコさえあれば、実際より色をつけたガソリン代を支払うことは可能ですが、そんなことをすれば、営業の経費率が上がるだけですよ。成績が悪ければ、昇給やボーナスの査定にひびく。おっしゃるように、簡単にものの売れる時代じゃないんでしょ。売上が上がらずに経費ばかり使っていたら、結局、自分で自分の首を絞めることになるんですよ」

「むむ」

営業部長は悔しそうに次の言葉を探している。雨宮は涼しげな顔で、営業部からの経費請求伝票をめくった。

「ほら、たとえば、この人、伊藤さん。新規の取引先に行くのに道に迷ったためって書いてありますよね。だから、普通なら十二キロ離れた場所へ行くのに、五十キロ分のガソリン代が請求されている。これは明らかにおかしいでしょ。道に迷ったのは、自分の責任ですよね。その分まで会社に払えっていうのは、いくらなんでもおかしい。それと、打ち合せ食事代二名と書いたこの領収書、ほら、ここよく見てください」

雨宮は、手書きの領収書を蛍光灯の光にかざしてみせた。二枚複写になった青いボールペンの字で4480円と書かれてある最初の「4」の字を指差し、

「この『4』は、『1』という数字に後から書き足して『4』にしてるんです。光にあてると、はっきりインクの色が違うのがわかるでしょう」

得意そうに言う雨宮の横で、一緒に領収書を覗き込んでいた営業課長は苦虫を噛み潰したような顔で黙り込んだ。雨宮は調子に乗って、

「ま、俺を騙そうなんて、百年早いですけどね」

と、胸を反らした。

「いつまでもそんなお役所仕事みたいなことを言ってるから、稚内なんかに飛ばされるんだよ」

営業課長は捨て台詞のように言って部屋を出ていった。雨宮はそんな言葉など耳に入らない様子で、コーヒーを置きにきた比佐子に向かって、余裕たっぷりに微笑んでみせた。

「これから俺のことを、シャーロック雨宮と呼んでくれ」

だいたい雨宮は自分には甘いくせに、他人にはやたら厳しい。ごく些細なごまかしさえ許さないところは経理マンとしては正しい資質なんだろうが、融通がきかないから、営業部との摩擦はしょっちゅうだ。けれど、雨宮は却って、そういう衝突を楽しんでいるようにさえ見受けられる。人間関係では、なるべく波風を立てたくないと思っている比佐子には理解のできないところである。

「馬鹿だよね」

藤木のデスクにコーヒーを置こうとした時、彼は小声でくすくす笑いながら言った。

「たかが千円か二千円のことで、わざわざ敵を作らなくたっていいだろうに。仕事がしにくくなるだけじゃないか。どうせ会社の金なんだから、気前よく払ってやったらいい。そう思わない？」

いきなり訊ねられて、比佐子は返事に窮《きゅう》した。そのまま黙って立っていると、藤木は被せるように言った。

「雨宮さんって、かなりアナログだよね。今の時代に、まだあんな人種が残ってたんだ」

藤木は、その端整な顔を歪《ゆが》ませて、皮肉そうな笑みを浮かべた。比佐子は一瞬、その笑顔に訳のわからない悪寒を感じ、でもすぐに自分の中で打ち消した。

きっと、藤木さんは頭がいいから、雨宮課長の要領の悪さに呆れているんだ。そうよ。私だって、似たような意見だし。だいたい営業といちいちぶつかっていたら、時間だってもったいないし。

「そうですよね。時間のムダだし」

おもねるように比佐子が答えると、藤木は満足そうに頷いた。

「無能な人間は、ああやって仕事をしているつもりなんだよ」

無能って……。そこまで言うか。比佐子が絶句していると、

「藤木君」

桑原支社長の声が飛んできて、藤木は返事をしながら立ち上がった。

藤木が来てから、桑原は、ほとんど雨宮を無視しているように思える。来期の予算組みについて、二人が話し始めるのを横目に、雨宮は気楽そうにパソコンを眺めている。悔しくはないのだろうか、と比佐子は思った。稚内に行くから、もう自分には関係ないとでも思っているのだろうか。何にしても相変わらず理解不能だ。

「さっき、藤木さんと何を話してたのよ」

席に戻ると、香織が不服そうな声で話しかけてきた。

「何って、仕事の話よ」

「ふうん」

香織は、疑わしそうな上目遣いで比佐子を見ながら続けた。

「抜けがけは許さないからね」

「何、それ。そんなわけないじゃない」

だいたい、人に抜けがけを責められる立場なのか。杉田君の時だって、と例のごとく心の中だけで呟いた時、制服のポケットの中でマナーモードの携帯電話が震え出した。

「ああ、また」

未登録ナンバーのディスプレイを、ため息をつきながら眺める。これだけ無視されているんだから、いいかげん諦めたらいいのに。もしかして田所さんってストーカー体質？

そのまま電話をポケットに戻すと、雨宮が手招きしている。

「はい」

「須藤君。俺は今、すごいことを思いついた」

「は？」

またしても嫌な予感。

「さっき、シャーロック雨宮って言ったのは冗談だ」

そんなこと、わかってるよ。

「でもな、俺は推理してみた。社長は俺の要求に対して、いまだに何も言ってこられない。それって、もしかしたら、俺を稚内に行かせると金がかかる、この異動はやめといた方がいいんじゃないかと、思っておられるのかもしれない」

カクッと力が抜ける。今頃気づいたのかよ。本物の馬鹿だ、この人。

「だが、男雨宮、そんなこすい手段を使ってまで、転勤を免れたいと思われるのは心外だ。だから」

比佐子は社用車のキーを差し出した。

「本社へ行かれるんですね」

雨宮は目を丸くする。

「よくわかったな。これから君のことをシャーロック須藤と」

「呼ばなくていいです」

比佐子が席に戻りかけると、雨宮は急に声をひそめた。

「実は、ちょっと気になることがあってな。この支社での最後の大仕事になるかもしれない。きっと俺にしかできない仕事だから、それも会長にアピールしとかないと」

「はあ、そうですか」

比佐子はぼんやりと相槌を打つ。「最後の大仕事」って、きっと、トイレのペーパータオルを丸めて捨てない奴がいるから、すぐゴミ箱がいっぱいになるとか、社員のコーヒー代がかかり過ぎているとか、そんな類のことなんだろう。まあ、会長に何でも言ってきて下さいよ。

「俺がいなくなると、ここもチェック機能が働かなくなって、きっと悪の温床みたいになってしまうだろう。それを考えると、夜もおちおち眠れない。須藤君、今まで君には、経理の何たるかを教えてきたつもりだ。後を頼むぞ」

「はあ。でも課長の後は藤木さんが」

雨宮は強く首を振った。

「あいつはダメだ。ポリシーがない」

「そうですか？」

比佐子の不服そうな言い方に、雨宮は悲しそうにかぶりを振った。

「須藤君。もっと男を見る目を養っておかないとダメだぞ。男は見かけだけで判断しちゃいけない。俺みたいに、見かけも中身もいい男なんて、そうそうめったにはいないんだからな」

へえへえ、それはそれは。

げっそりしながら席へ戻る。パソコンに向かいながら、それでも明日に迫った藤木の歓迎会に思いを馳せた。どんな服を着ていこうか。きっと香織なんか張り切ってすごくおしゃれしてくるに違いない。どうせかなわないにしても、やっぱり明るい色の方がいいだろう。迷いに迷って買った、薄ピンクのジャケットに白いブラウスを合わせてみよう。清楚なイメージを強調して。でも、もし藤木さんに迫られたりしたらどうしよう。待ってました、みたいな態度は絶対取らないように、いかにも、男なんかに興味ないですよ的路線でいこうなどと考えていると、

「何、にやけてるのよ」

香織の鋭い声が、比佐子の妄想を吹き飛ばした。

「な、なんでもないわよ」

背筋を伸ばして、キーボードを叩く。

「例の田所さんとうまくいってるんだ」

「あんなの、無視してるわよ」

「へぇえ」

疑わしそうに覗き込んでくる。

「なんか、比佐子、余裕じゃない。何かあったんでしょ？　言いなさいよ」

「いいから、仕事しなさい」

まったく。あんたは自分の幸せだけを考えてたらいいのよ。諦めてないんでしょ、女の勝負。

「須藤君。じゃ、行ってくるから」

支社長に本社行きを告げたらしい雨宮は、楽しそうに声をかけてくる。

「帰りは、そうだな、遅くなりそうだから」

「直帰ですね。わかりました」

比佐子はパソコンから目を離さないまま答えた。雨宮はついでのように言った。

「ま、何かあったら携帯に連絡してくれ。いつでもオープンにしておくから」

「オープン」って。いちいち言い方に昭和の匂いがするぞ。

「ああ、そうそう。明日の藤木君の歓迎会、場所はどこだっけ？」

「『ポン太』ですけど」

雨宮は、嬉しそうに笑った。

「居酒屋に毛が生えた程度の店じゃないか。まあ、分相応だな。あいつには」

実は、あんたの送別会も一緒にしたかったんだけどね。

「俺の送別会は、あんな店だったら、パスだから」

雨宮にしては珍しく、颯爽と肩で風を切るみたいに事務所を出て行った。比佐子は小さくため息をつく。わかりました。すっごく上等な店ですき焼きですよね。ただ、参加者がどれだけ集まるか、自信ないですけど。

パソコンから目を上げると、桑原と話している藤木と一瞬目が合った。藤木は大きく薄めの唇を引き上げて微笑んだ。比佐子は思わず目を伏せ、微笑み返せない自分に、自己嫌悪を感じながら、それでも、うきうきとキーボードを叩き続けた。

九

「ポン太」は、週末のせいか、いつになく混んでいた。テーブル席はほぼ満席で、酔っ払い独特の必要以上に大きな笑い声が店中に溢れている。着る服に迷って、例のごとく、時間ぎりぎりになった比佐子は、若い店員に、

「予約しているんですけど」

と何度も叫んで、やっと二階の座敷に通された。

「来た、来た。比佐子、こっちよ」

奥の方の席から香織が手を振る。隣には藤木が座って微笑んでいる。さすが、香織。しっかりターゲットの隣の席をゲットしたな。そして、私をそばに座らせるのは、例のごとく、自分を引き立たせるため？　でもいいか。私だって、藤木さんの近くに座りたいし。

靴を脱ぎ、座敷へ上がろうとすると、傍《かたわ》らから声をかけられた。

「遅いぞ、須藤君」

見れば、入り口に一番近い席に雨宮が陣取っていて、いつものように手招きした。

「ここ、空いてるぞ」

自分の隣の席を指差す。比佐子は思わず眉間に皺を寄せた。仕事を離れたら、あんたとも離れたいんですけど。

「香織が、向こうで呼んでますので」

奥へ行こうとすると、

「俺と一緒に飲むのも、残り少ないんだぞ」

雨宮は比佐子の行く手に座布団を投げた。

「はあ」

仕方なく腰を下ろす。見ると、香織と藤木の前の席には若い女の子が二人、いそいそと座ってしまっていた。香織が不満そうにこちらを見ているが、比佐子だって、それに負けないほどの仏頂面で、おしぼりを手に取った。

「俺は、高校時代は野球部のエースだった」

雨宮は、突如、自慢話モードに入る。

「腰を痛めてさ、ぎっくり腰っていうのかな、本当に歩くのさえままならないくらい痛くってさ、それでも我慢して授業に出たんだ。本当に俺は根性がある。思い出しても自分で自分を褒めてやりたいよ」

どこまででも褒めてろよ。褒めて褒めまくって天まで昇れ。比佐子はやけくそ状態で運ばれてきたビール瓶を持ち上げた。

「じゃ、揃ったみたいなんで、始めるかな」

桑原支社長が、グラスを持って立ち上がった。

「みんな、お疲れさん。今日は藤木君の歓迎会ということで、僭越《せんえつ》ながら、私、桑原が乾杯の音頭を……」

「そしたらさ、理科の教師の石黒っていう馬鹿が、俺の座り方を見て、ふざけてるって言うんだ」

支社長の話の合間も、雨宮の自慢話は中断されない。

「そこで、ヨーコが庇《かば》ってくれて。その頃、俺は三人の女の子と付き合っていて、それが字は違うけど、偶然、三人ともヨーコなんだよ。庇ってくれたのは太平洋の洋子でさ、『先生、雨宮君は腰が痛いんです』って言ってくれてさ、そうしたら、太陽の陽子も負けじと立ち上がって……」

桑原は、しゃべり続けている雨宮に気づいて不機嫌そうな視線を向ける。比佐子はあわてて、自分は無関係だというふうに、雨宮から座布団を斜めにずらし、顔を桑原の方に向けた。

「もうみんなもわかっているだろうけど、藤木君はとても優秀な男だ。俺が保証する。恐るべき新人だから、先輩諸氏も大変だぞ。ますます頑張って仕事してくれ。では、乾杯」

「乾杯」

皆が一斉にグラスを持ち上げる。雨宮も面倒くさそうにグラスを持ち上げ、すぐに比佐子に向き直った。

「そしたらさ、石黒の奴、なんて言ったと思う？」

「……さあ、わかりません」

誰か、助けてくれよ。辺りを見回すが、みんな、雨宮と比佐子を遠巻きにして、それぞれ楽しそうに飲んだり食べたりしている。薄情な人間ばっかりだ。今日の犠牲者もやっぱり私か？　いやいや、私にはこの後、藤木さんとの約束がある。ざまあみろ。

心の中で葛藤を繰り返している比佐子におかまいなく、雨宮は得々と続けた。

「石黒は、苦笑いしながらこう言ったんだ。『雨宮、やっぱりお前にはかなわないな』だってさ」

比佐子は無言でビールを飲み干し、その苦さに顔をしかめた。

コースで頼んであるらしく、店員が次々と料理を運んでくる。一番入り口に近い席なので、比佐子は仕方なしに、順々に料理を奥へと渡していく。

「いい席だろう、ここ」

雨宮が、早や顔を酔いで赤くしながら、自慢げに言った。

「料理や酒は必ずここを通るからな。飲みっぱぐれ、喰いっぱぐれがない。なんなら、奥へ回さずにここで確保しとけばいい。飲み放題、食べ放題だ」

せこい男だ。

「でも、なんだな。どれを食べても味が庶民的だな。まあ、居酒屋なんて、みんなこんなもんだけど」

雨宮は文句を言いながらも、すごい勢いで料理を平らげている。普段、何を食べてるんだよと言いたいくらいだ。

「すいません。こっち、唐揚げ、まだこないんですけど」

他のテーブルから声が出始める。そら、そうだろ。ここで、一人、流れを滞留《たいりゅう》させている奴がいるんだから。雨宮はそんなことには、まるでお構いなく腹を空かせた子供のように食べ続けている。仕方なく、比佐子が彼の隙を見て、いくつかの皿を他のテーブルに回した。

「ああ、食った、食った。須藤君も、もっと食べなきゃもったいないぞ。久しぶりのタダメシなんだから。これぐらい食べておけば、明日一日、何も食べずに済むからな」

冬眠前の熊か、あんたは。どんな暮らししてるんだよ。

雨宮は、急に声をひそめて、比佐子に顔を近づけてくる。

「須藤君。いいニュースと悪いニュースがあるんだが……」

アメリカのテレビドラマのような台詞に、比佐子はなるべく顔をそむけながら返事をした。

「何でしょうか？」

「まず、いいニュースはだな、会長のご承認を頂いて、結構、俺の要求が通ったんだよ。まあ、退職金の前借りっていう形だが、仕方がない。ただ残念なことにハイブリッドカーは却下された」

当たり前だろうよ。

「次に悪いニュースだが、……俺の転勤が本決まりになった」

雨宮は、この世の終りみたいな悲痛な表情を浮かべたが、比佐子はひとりでに笑いがこみ上げてくるのを必死に堪《こら》えていた。やっとだよ。やっと本決まりか。さんざん人に心配をかけやがって。

「お世話になりました。それでいつ？」

比佐子がうきうきした声で訊ねると、雨宮は沈鬱な表情のまま答えた。

「最後の大仕事があるって言っただろ。その仕事が完結するまで……」

はあ？　何それ？

「……完結するまで、ここにいたいってお願いしたんだけどな。それは無理だと言われたんだ」

「なんなんですか、その大仕事って?」

比佐子は思わずきつい調子で言った。すごくイライラしてくる。

「マル秘だ。きっと須藤君は知らない方が幸せだと思う」

勿体をつけた言い方をして、雨宮は厳かに付け加えた。

「だから、後任の藤木の出来が悪くて、引継ぎが進まないということを会長に伝えて、半月だけ延ばしてもらった」

「藤木さんの出来が悪いなんて、いくらなんでも失礼じゃないですか。それを会長にチクるなんて、ひどいですよ。あんな優秀な人つかまえて」

比佐子は思わず荒い声で言った。雨宮は、比佐子の剣幕に目を丸くしている。

「あんな奴のどこが優秀なのか、俺にはわからないけどな」

しみじみした口調で言って、ビールを飲み干し、空のグラスを比佐子の目の前に突き出した。どうやら注げということらしい。比佐子がそれを無視したので、雨宮は仕方なさそうに手酌で自分のグラスにビールを注いだ。

男の嫉妬は、女よりも陰険だと、前に誰かが言っていた。たった一言の告げ口で出世が大きく左右される可能性もあるだろう。あまりに優秀すぎるから嫉妬されて、こんなバカ雨宮に、根も葉もないことを蔭で言われているなんて、藤木さんってかわいそう。比佐子はビール瓶を持って立ち上がった。普段はお酌をして回ることなんてしないのだが、今は雨宮の横にいるだけでも腹が立ってくる。

「お、有難う」

比佐子がビール瓶を傾けると、桑原は嬉しそうにグラスを差し出した。

「須藤君も大変だったろう、彼のお守《も》りは」

雨宮の方に顎《あご》をしゃくる。

「悪い人間じゃないんだろうが、妙に思い込みが激しいというか、融通がきかないというか、常識がないというか……まあ、変人だよな」

「ですよね」

比佐子は相槌を打つ。

「でも、あと少しですから」

微笑んで支社長とグラスを合わせる。そう、あと少し。もうすぐ私は一年と二カ月の苦しみからやっと解放されるんだ。

奥のテーブルに目を走らせると、藤木と香織が楽しそうに笑いあっているのが目に入った。

香織は他の人間なんか一切、目に入らない様子で、藤木の肩を叩きながら笑っている。比佐子は無意識に眉をひそめ、ビール瓶を掴んでその席に向かった。

香織、藤木さんには、いつものあんたの手練手管は通用しないよ。なんと言ってもこの後、私たちは約束してるんだから。きっと大人のムード満載のシティホテルのラウンジかどこかで、彼はジントニック、私はピンクの、なんていったっけ、そうそう、スクリュードライバー。あの甘くて危険なカクテルで乾杯するんだ。彼の手元にはホテルの部屋のキーがさりげなく置かれていたりなんかして。きゃあ、どうしよう、私。

「何か用？　比佐子」

不機嫌な香織の声が、比佐子の妄想を吹っ飛ばす。気がつけば、比佐子はビール瓶を持ったまま、二人の真向かいに座っていた。「何か用」って、さっき手を振って呼んでたのはあんたじゃないか。

「お酌でもしようかと思って……」

思わず俯きながら言う比佐子に、被《かぶ》せるように香織は笑った。

「あら、珍しい。いつも隅っこで一人、がんがん飲んでるだけのくせに」

香織の悪意に満ちた言葉にも、藤木は何も感じないみたいに、気さくな調子で言った。

「へえ、須藤さんっていける口なんだ」

「いえ、それほどでも」

「いける口どころか」

香織は意地悪そうな流し目で比佐子を軽く睨む。

「すごいんですよ。うわばみっていうのかな、もう底なし。この前だって酔っ払って、雨宮課長の物真似なんか始めるし」

「へええ。面白そうだね、それ」

「もう、香織ったら。違いますよ。そんなんじゃないんです」

藤木は微笑みながら、比佐子を見つめる。香織は明らかに不機嫌な様子で、黙ってするめの天ぷらを食べ始めた。

「これ美味しい。藤木さんもどうですかあ？　はい、あーん」

香織は、とってつけたように笑いながら、箸でつまんだ天ぷらを藤木の目の前に差し出した。ちょっと、やり過ぎだよ、香織。比佐子は心の中で叫んだ。

「恥ずかしいよ。勘弁してよ」

藤木は手を振って笑う。

ほら、そうでしょ。迷惑なんだよ。

「ねえ、二次会行くでしょ？　カラオケだって」

庶務課の中で一番派手なタマキが、香織に抱きつくようにして話に割り込んでくる。

「いいね、いいね。藤木さんも一緒に行きましょうよ」

香織は藤木の顔を覗き込む。口元には笑みがこぼれているが、目の光は真剣だ。

「ごめん、この後ちょっと用事が入ってるんだ」

そうだよ。私とのデートなんだよ。比佐子は誇らしい気持ちで胸を反らせる。香織は、そんな比佐子には目もくれず、なおも藤木に言い寄った。

「ええー。どうしてですか？　行きましょうよ。そんな用事、ポイしちゃってくださいよう」

冗談じゃないよ。ポイされてたまるもんか。

「弱ったなあ。仕事がらみだから、どうしてもダメなんだよ。ごめんね。また今度付き合うからさ」

「えええー。やだあ」

香織は子供のようにだだをこねて見せる。確かに香織は可愛い。だけど、見えすいたわざとらしさには辟易《へきえき》する。それとも男性にはこの「作られた可愛らしさ」は見抜けないものなんだろうか。

「藤木、ちょっと」

支社長が手招きして、藤木は助かったみたいな顔をして立ち上がった。やっぱり一流の男には、香織の「可愛い女の子」攻撃は通用しない。ざまあみろってんだ。

一人ほくそえんでいると、

「須藤さん、これ」

藤木が比佐子に素早くメモを渡した。比佐子もそれを手早くジャケットのポケットにしまい込む。すごい。なんかどきどきする。こんなときめきは何年ぶりだろうか。注意深く周りを見回して、誰も気づいていないのを確認する。香織は口をへの字に結んで、自分の今後の作戦に思いを巡らせているようだ。安堵の溜め息を洩らし、比佐子はトイレに立った。

そのメモには、一駅離れた駅前の店の名前と電話番号が走り書きされていた。ホテルのバーではなかったが、比佐子はそれを胸に抱き、夢見るように目を閉じた。

十

その店は、ドラマなんかによく出てくる、お洒落なキャリアウーマンが一人でカウンターに座って飲んでいるのが似合いそうなバーだった。カウンターの中には黒服に蝶ネクタイのバーテンダーが、にこりともせずにシェーカーを振っている……そんな店だ。

「いらっしゃいませ」

ＢＧＭは渋いバラード。女声のかすれたボーカルが心地よい。スクリュードライバーをオーダーするかどうか、ぐずぐずと迷っているうち、店の扉が開いて、藤木が入ってきた。

「ごめん、待たせたかな。皆をまくのに手間取っちゃって」

「皆」の中心人物は、きっと香織だろう。

「いいえ、私も今来たところです」

お決まりの台詞を言うと、思わず顔が火照る。こんなムーディなお店で、「あの」藤木さんと二人きりなんて、香織が知ったら、きっと口から泡吹いてぶっ倒れるだろうと思い、比佐子はますます幸福な気分になる。

「須藤さんに教えてもらいたいことがあるんだ」

藤木は前髪をかき揚げる。端正な横顔に見とれていると、

「あ、俺、ジントニックね。須藤さんは何を飲む?」

急に訊ねられて、比佐子はしどろもどろになった。

「ス、ス、ス、スクリュードライバーを」

普段、「生ビール」ばっかり言っているから、すごく言いにくい。

甘く危険なお酒。男女の危うさを繋ぐカクテル。でも藤木はこともなげにバーテンダーに告げた。

「スクリュードライバーだって」

バーテンダーは声も出さず、礼儀正しくお辞儀をして、後ろの棚から、必要な酒瓶を選び出している。

「どうしても須藤さんに訊きたいことがあってさ」

藤木は比佐子に向き直って、じっと顔を覗き込んだ。

「な、何でしょう？」

顔が赤くなっているのがわかる。それを隠すために手元に視線を落とした。きっと「奥ゆかしい女」に見えるはずだ。

「雨宮さんってさ、どうして会長に対して、あれほど好き勝手なこと言えるのかな？」

「は？」

雨宮？　雨宮って、あのバカ雨宮のこと？

「はっきり言って、雨宮さんって、たいして仕事もできないし、人間関係もうまく作れないし、そんな人が、のうのうと会社組織の中で生き残れてるっていうのが、まず不思議なんだよね。桑原支社長にも質問してみたんだけど、どうも雨宮さんのバックには会長がついてるらしい。でもその理由はわからないって言うんだ。須藤さんなら、社の中で一番雨宮さんと親しいみたいだし、もしかしたら、知ってるんじゃないかと思って」

目の前にピンクのカクテルグラスが置かれた。気持ちを落ち着かせるために一口飲んでみる。甘い。なんかすごく甘い。安物のジュースみたいだ。でもジュースにしては異様に量が少ないし。

「もしかして、あれかな。『釣りバカ日誌』みたいに、趣味が一緒で、スーさん、ハマちゃんみたいな仲だとか？」

藤木の顔立ちは本当にハンサムだ。非の打ちどころがないというのはこういう顔のことを言うんだろう。でも、よく見ると、なんか薄っぺらだな。

「おかわり」

比佐子は、空のグラスをバーテンダーの方に押し出した。バーテンダーはまた黙って深くお辞儀をして、後ろの棚から酒瓶を取り出す。

「須藤さん、人の話、聞いてる？」

藤木の声には、かすかに苛立ちが混じっている。

「はあぁ、なんか酔っ払ったみたい」

比佐子は、大きく溜め息をつき、藤木を真正面から見た。

「藤木さんは、どうしてそんなに雨宮課長のことを気にされるんですか？」

「どうしてって」

藤木は、一瞬憐れむような目で比佐子を見、それから思い出したようにジントニックを一口飲んでから続けた。

「雨宮さんがどうやって会長に取り入ったかがわかったら、それを利用させてもらおうと思ってさ。手持ちのカードは一枚でも多い方がいいからね」

「出世のためとか？」

藤木はさもさも呆れたというふうに溜め息をつき、それが癖なのか、前髪をかき揚げながら言った。

「男と女は違うからね。男にとって、会社は戦場だ。食うか食われるか、一生、下積みで終わるか、上で燦然《さんぜん》と輝くか。俺はもちろん上を目指す。そのためには無駄な動きはしたくない。桑原さんにくっついてうまくいけばいいが、それだって、安全とは言い切れない。最後の最後で、会長に引っくり返されたら目もあてられないからな。だから情報収集は怠らない。それが俺のやり方なんだ」

どうだ、すごいだろうと言わんばかりに、藤木は鼻を膨らませた。

——情報収集。

比佐子は自分が誘われた理由はほぼ察しがついていた。でも改めてそう言われると、訳のわからない怒りが沸々と心の中に湧き上がってくる。目の前のカクテルを一気に飲み干すと、またグラスをバーテンダーの方へ差し出した。

「おかわり」

「まだ飲むの？」

呆れたような藤木の声を聞きながら、比佐子は「男嫌い」という言葉をキーワードのように、何度も胸の中で反芻《はんすう》していた。私は、今度こそ本当の「男嫌い」になってしまいそうだ。そうなった方が結局、楽かもしれない。

「ねえ、そろそろ教えてくれよ。雨宮さんの秘密」

藤木が身体をすり寄せてくる。きっと、十五分前なら嬉しかっただろうけどと、残念に思いながら、比佐子は椅子をずらして藤木から離れた。

「そんなに知りたかったら、本人に直接訊いてみたらいいじゃないですか。きっと得々と話してくれますよ」

比佐子は目の前に置かれたグラスを一気に飲み干し、甘さに顔をしかめた。やっぱり生ビールの方がずっと美味しい。

「なんだよ、それ」

藤木は不機嫌に眉間に皺を寄せた。整った顔立ちだけに、表情が歪むと凄みが出る。

「あえて言うなら」

比佐子が口を開くと、藤木は急に目を輝かせた。

「雨宮課長はせこいけど、姑息ではない。自慢話と愚痴しか言わないし、頭は悪いけど、卑怯ではない。裏で、こそこそ嗅ぎまわるなんてこと、絶対にしない。そういうところが会長に認められてるんだと思います」

一気に吐き出して、比佐子は立ち上がった。

「では、私はこれで。ご馳走さまでした」

頭を下げて、入り口に向かうと、藤木の聞こえよがしの舌打ちが聞こえてくる。

「ふん、どいつもこいつも馬鹿ばっかりだ」

馬鹿でけっこう。比佐子は背筋を伸ばし、ハイヒールを響かせながら、扉を開けた。夜風はもう冬めいていて、酔いで火照った頬をひんやりとなぶっていく。早足で駅へと急ぎながら、まだ口に残っている甘い酒の匂いが鼻についた。胃がむかむかする。

「やばい」

駅の改札を走って通り抜け、急いでトイレに飛び込んだ。胃からこみ上げてくる生温かいものを全部吐き出してしまうと、少しは楽になった。水を流し、せまいトイレの壁に凭《もた》れか

かって、

「私って、何やってるんだろう」

と呟くと、涙が頬を伝った。吐いたための生理的な涙だ。決して悔しくて泣いているわけじゃない。比佐子はそのまま立ち上がれずに、何度も頭を振っては、手の甲で涙をぬぐった。バッグの中で携帯が鳴っている。取り上げてみると「未登録」からだ。

「……もしもし」

電話に出ると、焦ったような田所の声が飛び込んできた。

「も、もしもし、比佐子ちゃん。あ、有難う。やっと電話繋がった。有難う、有難う」

田所は何度も「有難う」を繰り返している。バカじゃないの、この人。なんでお礼なんか言ってるんだろう。そう思うと、急に涙が溢れた。嗚咽《おえつ》が洩《も》れる。

「え、どうしたの？　何かあった？　大丈夫？」

田所はますます焦って呼びかけてくる。比佐子は、その懸命な声音になぜだか安心して、気づいたら、しゃくりあげていた。

「……なんでもない。ただ……泣きたいだけよ。ほっといてよ」

「今、どこ？　迎えにいくよ。ね、どこにいる？」

田所は必死だ。比佐子は思わず首を振った。

「いいよ。このまま、ずっと何か喋っててくれればいいから」

それからたっぷり三十分、比佐子はトイレの中で泣き続けた。田所は電話の向こうで、やたら励ましたり、訳のわからない小噺《こばなし》をしたり、しまいには歌まで歌い出した。

「下手くそ」

比佐子は笑って立ち上がった。

「でも有難う。なんかすっきりした」

「そう、よかった」

田所は、心底安心したような声を出す。

「じゃ、おやすみ」

比佐子が言うと、

「あ、あの」

何かを言いかけて、田所は思い直したように呟いた。

「おやすみ。気をつけて」

「うん」

ホームに出ると、アナウンスがせわしなく電車の到着を告げている。比佐子は微笑みながら、田所の電話番号を携帯のアドレス帳に登録した。

十一

月曜日の朝、事務所に入ると、雨宮が真剣な面持ちでパソコンに向かっていた。早い時間のせいか、他にはまだ誰も来ていない。

「おはようございます」

挨拶すると、雨宮は顔を上げて、嬉しそうに手招きする。

「須藤君、俺は今、大変なことを発見したぞ」

「なんですか？」

仕方なく雨宮のそばに行って、パソコンを覗き込む。画面中央には、小さな表があり、その横に四本ぐらいの線が上がったり下がったりしている折れ線グラフが並んでいる。

「エクセルの中のここ、グラフウィザードってあるだろ。ここをクリックしたら、この表の中身が自動的にグラフになるんだ。ほら、すごいだろ」

そんなこと、誰でも知ってますけど。

「ほら、ここでこいつを選べば、棒グラフにもなるわけだ。どうだ、びっくりしたか？」

だから、みんな知ってますって。

「今まで、数値をグラフ化できたら、どんなにわかりやすいだろうなあと思ってたんだ。永年の夢がやっと叶ったよ。やっぱり俺は頭がいいよなあ」

雨宮のことはほっといて、比佐子は画面を覗き込む。今年の一月から九月までの売上、仕入の金額が折れ線グラフで示されている。各月とも売上が多い月は仕入も多くなっている。まあ、当たり前の話だ。折れ線グラフの中に一本変な動きの線がある。その黄色い線は、売上と仕入の対応した上がり下がりとは、まったく逆の動きをしていた。売上が多い月は、低い金額、少ない月は高くなっている。凡例《はんれい》を見ると、不良在庫廃棄となっていた。賞味期限切れの商品や、不良のための返品などは、毎月一回、業者に頼んで廃棄している。その廃棄処分料のグラフの線の動きに、なんとなく違和感がある。

「このグラフ、なんか、変ですよね」

比佐子が言うと、雨宮は満足そうに頷いた。

「さすが、須藤君。俺の一番弟子なだけあるな」

いつ、私があんたの弟子になった？

「仕入と売上の比率は全社的には矛盾していない。でもこの廃棄処分料と並べると、なんとなく胡散《うさん》くさい。まあ、廃棄処分が売上や仕入と連動するとは限らないけどな。ほら、これを見てみろ」

雨宮は、カーソルをずらしてもう一つの表とグラフを示した。去年一年の動きを示すグラフだ。それを見ると、やっぱり廃棄処分料は売上、仕入の動きと相反している。

「なぜでしょうね」

比佐子が呟くと、雨宮は椅子にふんぞり返った。

「考えられる原因の一つはだな」

比佐子は真剣な面持ちで雨宮の次の言葉を待つ。雨宮は遠い目をして言った。

「偶然の一致だ」

カクッ。なんだそれ。これだけ前フリしといて。

「ただ、気になるのは、廃棄処分が規則正し過ぎるんだ。こういうものは、もっとバラツキがあるもんだろう。なんだか故意に数字を調整しているような気がするんだ」

そう言われてみればそうだ。うがった見方をすれば、廃棄処分が多かったから、売上が伸びなかったし、仕入も控えましたよといわんばかりだ。理屈はそうでも、現実というものは、そうきっちりとはいかない。

「うちの廃棄業者はイーエス産業、一社だけだったな。ここの社長は桑原支社長と中学の同級生だ。こんなことは考えたくないんだが」

その時、二、三人の社員が事務所に入ってきたので、雨宮は口を噤んだ。

「おはようございます」

藤木がにこやかな表情で近づいてくる。比佐子は思わず目を伏せた。

「お二人で朝から何のご相談ですか？　仲がいいんですね」

皮肉な調子の藤木の言葉に、

「いやあ、それほどでも」

雨宮が照れたように頭を掻く。

「どうも昔から、女性に頼りにされるタイプみたいでね。高校の時なんか、クラスの女子から『ナイスガイ雨宮』って渾名《あだな》をつけられたりして」

また自慢話を始めそうな雨宮を無視して、比佐子が給湯室へ行きかけると、藤木が後ろからついてきた。

「須藤さん」

わざとらしく声をひそめる。

「この前はごめん。疲れてて、ちょっとイライラしちゃって」

「気にしてませんから」

そのまま行きかけるのを、前に立ち塞《ふさ》がった。

「俺が雨宮さんのことを訊いてたってこと、内緒にしといてくれる?」

すごい笑顔だった。きっと女性なら思わずうっとりするような、なんでも言うことをききそうな、いわゆるセクシーな笑顔だ。でも、もう私は騙されないぞと、比佐子は心の中で呟いた。

「そんなくだらないこと、誰にも言いません」

きっぱりと言うと、押しのけるようにして給湯室に入った。背中に小さく「ちっ」という藤木の舌打ちを聞きながら、本当に私は男を見る目がないなあと思う。いつか雨宮の言った通りじゃないか。

「おはよう」

ポットに水を注いでいると、香織がそばにやってきた。

「ねえ、金曜日、あれからどうしたのよ。二次会にも来ないで」

探るような上目遣いだ。うんざりしながら答える。

「ちょっと疲れてたから、そのまま帰ったのよ」

言いながら思い出した。香織は商品管理課だ。

「ね、香織。イーエス産業さんに廃棄処分を頼む時って、どんなふうにするの?」

いきなり仕事の話になって、香織は大きく目を見開いた。

「どんなって……。電話して来てもらうだけだけど」

「どれとどれを廃棄してって頼むわけでしょ。倉庫で立ち会うの?」

香織は首を振った。

「向こうの社長さんに言えば、勝手に持ってってくれるのよ。長い取引だし、倉庫の中のことは、うちの社員より詳しいわよ。消費期限の切れた奴なんかを引き取って、帰りに伝票を事務所に持ってきてくれるから、それにサインするだけ」

何、それ。そんなずさんな仕事してるのか。それなら、いくらでも持っていき放題じゃないの。

非難めいた比佐子の視線に、一瞬たじろいだ様子の香織は、言い訳のように付け加えた。

「だって、ずっと前からそうよ。桑原支社長だって、廃棄はイーエスさんにまかしとけばいいって。伝票だって、すぐに印鑑押してくれるし」

確かにそうだ。支社長の印があれば、経理だってそのまま通してしまう。

考え込んだ比佐子を、香織は不思議そうに眺めていた。

十二

田所はお洒落なオープンカフェの小さな椅子に、窮屈そうに大きな体をめり込ませていた。比佐子の姿を認めると、嬉しそうに立ち上がり、その拍子に椅子は尻にくっついて持ち上がった。近くの席の若い女の子たちが声をひそめて笑うのを、本人は気づいてもいないのか、片手で必死に椅子を外そうとしながら、手を振る。

「比佐子ちゃん、ここ、ここ」

——恥ずかしいし。

比佐子は、よっぽど知らん顔で通り過ぎようかと思った。でも、ちぎれんばかりに尻尾を振る犬みたいに、満面の笑みを浮かべて手を振り続けている田所の姿を見ていると、このまま立ち去るのは、よほどの人でなしみたいな気がしてきて、仕方なく会釈する。

「どうも。お待たせしました」

「いや、全然大丈夫。俺も今来たとこだから」

言いながら、田所はまだ椅子と格闘している。比佐子もしかたなく椅子を引っ張りながら、自分の体型を考えてから椅子に座れよ、と心の中で毒づいた。やっと椅子が離れて、

「じゃ、そろそろ行こうか？」

と、田所が何事もなかったような笑顔で言う。

旨い魚を食べさせる店を知っているからと、電話があったのは昨夜のことだった。迷いながら、断る理由を探していると、

「俺、奢るから」

という言葉に思わず、

「いいえ、割り勘でいいです」

と答えてしまった。オッケーしたと思ったのか、田所は、待ち合わせの場所と時間を言って、さっさと電話を切ってしまった。

もともと比佐子は男性に奢られるのが嫌いだ。たった何千円かのために負い目を感じて、嫌なことも断りきれなくなるような気がして憂鬱《ゆううつ》になるのだ。香織に言わせると、男は女に奢るのが当然で、それで見返りを求めるような男はせこいから、はっきり拒絶してやればいいのよ、ということになるが、比佐子はそれほどドライに割り切る自信もなく、人に向かってきつい言葉を投げつけることもできない性質《たち》だから、そういう局面になると、きっと自

分が困るだろうということがわかっている。だから、最初から奢られたくないのだ。電車に乗っていても、人に座席を譲るのが気恥ずかしくて面倒だから、席が空いていても、最初から立つことにしているのもそういうことなのかもしれない。

歩きながら、田所は楽しそうに話しかけてくる。なんで、この人はいつも機嫌がいいんだろうと、比佐子はぼんやりと思う。

「比佐子ちゃんって、肉か魚かどっちが好き？」

「魚、かな」

「だと思った」

田所は何が嬉しいのか、鼻を膨らませながら言った。

「俺も魚が好きなんだ。なんか、肉好きに見えるらしいけど」

その身体じゃあね、と比佐子は納得する。

「この前は楽しかったなあ。ほら、比佐子ちゃんの上司の……」

「雨宮経理課長」

「そうそう、その人の話。最高だったな、面白くて。比佐子ちゃんってあれでしょ、話術が上手いって人に言われるでしょ？」

「別に」

比佐子は不機嫌に答える。そんなこと、初めて言われたよ。

「なんか、初めてなんだよね。女の人と話してて、心底、腹抱えて笑ったのって。比佐子ちゃんって、もしかして、お笑い目指してるとか？」

そんな訳ないだろ。比佐子は心の中で呟いてから、違う言葉を吐き出す。

「あの時は飲みすぎちゃって。自分でも喋りすぎたなあって反省してます」

比佐子の言葉に、田所は顔の前で、分厚い手を振った。

「そんなことない、ない。今日はとことん喋ってよ。あ、ここだ」

その店は、雑居ビルの隙間の狭い路地の奥にあった。破れかけた赤提灯が風に揺れて、入り口の曇りガラスには、ひびが入っている。一言で言えば、場末の潰れかけた一杯飲み屋という風情の店だ。

「ここ？」

呆然と立ち尽くす比佐子を促すように、田所は笑顔で歩き出す。

「旨いんだよ、ここ。奇跡のように旨い」

建て付けの悪そうな引き戸をガタピシいわせながら開けると、中は思ったよりも狭く、きっと八人ほど入ればいっぱいになりそうなカウンターだけの店だった。外観からある程度想像はしていたが、店の壁も油にまみれて黒光りしているし、カウンターの上もなぜか、ねちょねちょしていて、手を置くのが躊躇《ためら》われるほどの汚い店だ。奥の席にサラリーマンらしき先客が二人座っている。

「らっしゃいっ」

威勢のいい声で、カウンターの中の中年男が振り向いた。赤いバンダナを頭に巻いて、口ひげの黒々とした小太りの男で、いかにも居酒屋のオヤジ然として、これでも料理にはちょっとこだわりがあるんですよ的な雰囲気をかもし出している。

「今日は何にしましょ?」

手早くおしぼりを二つ手渡した。田所は手を拭きながら、

「おまかせ造りと、里芋の唐揚げ、たこポン、えっとそれから、何がいい?」

比佐子に訊ねる。

「お魚が美味しいんなら、ぶり大根とか、あります?」

オヤジは満足そうに頷いた。

「お姉さん、渋いねえ」

「いえ、そんな」

店の汚さから、なるべく火の通ったものの方がいいかと思っただけだ。

「乾杯」

「お疲れさま」

生ビールを飲み干すと、二人同時に「ぷはー」と息を吐く。

「いいカップルだねぇ」

オヤジが笑いながら、ぶり大根の鉢を目の前に置いた。

「違いますよ。カップルなんかじゃないです」

即座に比佐子が否定すると、田所も口を尖らせて抗議する。

「そうだよ。比佐子ちゃんに失礼だよ、オヤジ」

「それは失礼。でもなんか似合いだと思ってさ」

田所は困ったような顔をしてビールを飲み下した。比佐子は恐る恐る大根を口に入れる。

「美味しい」

相当煮込んであるらしく、大根は口の中ですぐに溶けた。

「そうだろう。こう見えても、ここは味だけは美味しいんだよ」

田所の言葉にオヤジは苦笑する。

「こう見えても、は余分だよ」

確かに、何を食べても美味しい。里芋の唐揚げなんか、思わずおかわりを注文してしまったほどだ。

「俺って、食べることが好きなんだよね」

田所はしみじみした口調で言う。その体型見てりゃわかりますけど。

「将来、こういう店をやりたいんだ。気取らなくて、安くて、抜群に旨い店。だって、旨いもん食べると幸せな気持ちになるだろ」

「ふうん」

「あれっ。比佐子ちゃんはそうじゃない？」

「あんまり考えたことない」

食べ物だけで幸せになるかなあ、と比佐子は里芋を口に入れながら思い、私は何をしている時が幸せなんだろうかと考える。部屋でビールを飲みながら、ＤＶＤ観てる時かなあ、と思い、なんだか中年オヤジみたいで嫌だな、なんかもっと健康的な趣味を見つけなくちゃと、目の前のジョッキに手を伸ばす。

「その後、課長さんは元気？」

「え、どうして？」

「なんか、俺、その人の気持ちがわかるような気がする。男って少しでも自分を偉く思いたいとこあるから」

比佐子はため息をついた。

「あと二十日ほどで、稚内に転勤するはずなんだけどね。なんか実感が湧かないっていうか」

比佐子は、雨宮のおかしな言動を話し出した。なぜ田所には、すらすらと話ができるのか、自分でも不思議に思いながら、例の「雨宮要求」の話をすると、田所は笑いながら、

「いいなあ、その人。俺もそんな大人物になってみたい」

と言う。

「どこが？　非常識なだけよ」

「常識っていうものに捉われてないとこがすごいんだよ。羨ましいな」

比佐子は、駅のトイレで泣きながら、田所の声を聞いていた夜を思い出す。どうして、田所はそのことに触れないんだろうと思いながら、ビールのジョッキを持ち上げた。

「俺、子供の時から、なんとなく世のため人のためになる仕事がしたいと思ってきたんだけどね。この通り、平凡な人間だから、何をやっても中途半端なんだよ。何ができるか、何がしたいかをずっと考えているうち、食べることが好きだから、そういう仕事で人を喜ばせるっていうのもありかなって最近思ってる。比佐子ちゃんの夢って何？」

いきなり訊ねられて比佐子は返事に窮した。夢？　私っていったい何になりたいんだろう？

「小さい時はお嫁さん、小学校の卒業文集には、たしか学校の先生って書いたと思うけど……」

喋りながら、だんだん自分に自信がなくなってくる。本気で先生になりたいなんて思っていたわけじゃない。ただ、子供心にも「お嫁さん」じゃ、カッコ悪いと思っただけだ。

「でも、田所さんって、今は外資系の保険会社にいるのよね」

話題を変えたくて、田所に話を戻す。

「うん。店を出すにもまずお金だろ。安定した収入と、休みが多いから今の会社を選んだんだ。休みにはいろいろ勉強しなくちゃいけないし。でも、保険屋だって、もちろん人を幸せにする仕事だと思ってるよ」

「この店もたまにボランティアで手伝ってくれるんだ。助かってるよ」

カウンターの中から、オヤジが嬉しそうに笑った。

「こっちこそ、ただで教えてもらってるんだから、感謝してます」

話しながら、田所の目はオヤジの包丁さばきに釘付けになっている。

「料理っていうのは面白いよ。奥が深いし、食べてくれる人が美味しいって言ってくれたら、本当に最高に嬉しくなる。俺は、今、この人を幸福にしたぞっていう感じ。ちょっと大袈裟かな?」

比佐子は首を振った。

「なんか羨ましい。私ってそんなふうに考えたことなかったから」

本当にそうだ。いつも自分が人にどう思われるかばっかりを気にしているくせに、人を幸せにしたいなんて思ったこともなかった。

「一度、こいつの料理を食べさせてもらったら」

オヤジが笑って言う。田所は照れたように笑った。

「迷惑だよ、ね」

「いいえ」

すぐに答えたが、比佐子は「ぜひ」という次の言葉を呑み込んだ。こうやって、男性と付き合っていくという感覚が苦手なんだ。生ビールをぐっと飲み下す。

「無理しなくてもいいよ」

田所が微笑みながら言った。

「え」

「わかってるから。男嫌いなんだろ」

比佐子は田所の横顔を見返した。彼は、ちょうど鯛のかぶと煮にかぶりついたところだった。

「旨い」

心底、嬉しそうな声を上げる。比佐子は微笑みながら、オヤジに向かって叫ぶ。

「私にも、同じもの」

「はいよっ」

比佐子は心の中が、ゆっくりとほどけていくような気がしていた。本当に、美味しいものって人を幸福にするんだ。並んで座っている田所の巨体には、幸福がいっぱい詰まっているようだと思い、いやいや、いくらなんでも詰まり過ぎだろと思う。でも、もしこの人がお店を開いたら、きっと一番最初のお客になってやろう。だって、幸福をいっぱい食べさせてくれそうだから。

「かんぱーい」

比佐子はジョッキを高くかかげた。

十三

雨宮は、段ボール箱を四、五個、床に積み重ねて机の中を整理している、らしい。「らしい」というのは、引き出しから出したファイルをいちいちめくりながら、感心したように大きく息を吐き出したり、ホチキスの芯やゼムクリップを机の上に丁寧に並べては、ぼんやりとそれを眺めていたりするからだ。

「須藤君」

手招きも、こころなしか元気がない。

「コーヒーを一杯くれないか」

「はい」

比佐子はそのまましばらく突っ立って、いつもの自慢話を待ってみるが、雨宮は溜め息をつきながら、スティックのりを手の中でくるくる回しているばかりだ。

「どうかされたんですか?」

内心、嫌だなと思いながら、訊ねてしまうのもサラリーマンの悲しい性《さが》かもしれない。

思った通り、雨宮は大仰《おおぎょう》なため息をついてみせる。

「つまらんなあ、と思って」

「はあ、そうですか」

やっぱりやめとこうと思い、給湯室に行きかけると、雨宮は急いで比佐子を呼び止めた。

「須藤君。君は無常という言葉を知っているかい?」

「レ・ミゼラブルですよね。『ああ無情』」

「違う。諸行無常の方の無常」

「コーヒーを」

「後でいいから」

雨宮は、悲しげに頭を振って続けた。

「万物は、一時もその場所に留まってはいない。驕《おご》れるものは久しからず。俺ほどの人間でさえ、北の果てに飛ばされてしまう。まさに諸行無常だ」

まだ稚内行きを渋っているのか。男なら、もうそろそろ諦めて、潔く行ってしまおうよ。

「昨日、藤木が寮の俺の部屋に訪ねてきた。弟子にしてくれと言うんだ。俺はきっぱり断ったけどね」

は？　なんだ、それ。

「そう言えば、あの件はどうなったんですか？　イーエス産業さんの件」

桑原支社長の姿はない。ホワイトボードの予定表には、ただ「本社」となっているだけだ。

雨宮は芝居がかった動作で腕を組んだ。

「本社の総務に調べさせたら、イーエス産業の社長夫人は、去年の秋から、食料品店を始めたらしい」

「それって、もしかして、その店でうちの商品を売っていたとかですか？」

雨宮は腕組みしたまま、にんまりと笑う。

「その通りだ。さすが、シャーロック須藤だ」

だから、違いますって。それに誰だって気づくだろ、そんなわかりやすい展開。

「いわゆる、商品の横流しだ。支社長は、イーエスからいくらかバックをもらっていたらしい。せこい話だ」

雨宮は落ち込んだ様子で頭を振った。

「ああ、つまらん。まったくつまらん。わかるだろ？　俺の気持ち」

「はあ」

返事はしたものの、よくわからない。雨宮はじれったそうにスティックのりを机の上に立てて、比佐子に向き直った。

「俺がもう少し早く、グラフウィザードを発見していれば」

「発見」ってあなた。

「桑原支社長のことは単なる氷山の一角だ。経理というのは怖ろしい仕事だ。自分の能力の足りなさが罪人を作ってしまう」

比佐子はあんぐりと口を開けた。雨宮が自分のことを、能力が足りないと言うなんて、出会ってから初めてのことだ。雨宮は目を閉じて、大きく息を吐いた。

「だから、須藤君。自分の仕事の重要さをよく認識して、これからも励むように。まあ、俺にはかなわないにしても、努力はし続けないと、りっぱな経理マンにはなれないからな。藤木のように、素直に俺に教えを乞うぐらいのことはした方がいいぞ」

ますます理解不能だ。なんで藤木さんが雨宮課長に教えを乞いに行ったりするんだ？

「俺は藤木に言ってやったよ。経理マンに必要なのは、知識や技術じゃない。信念と粘り強さだ。不正を憎む正義感だ」

どうだ、俺はいいこと言うだろうというふうに胸を張ってみせる。

「支社長は、どうなるんでしょうか？」

比佐子が訊ねると、

「さあな。後は上層部が決めることだ。経理はただ真実を伝えるだけだからな」

雨宮はたいして興味もなさそうだ。でも藤木の動きは、桑原を見限ってのことに違いない。左遷になるか、下手をすれば、懲戒解雇になりそうな桑原より、なぜか会長に気に入られているらしい雨宮につく方が断然有利だという判断なのだろう。あの男らしい。

「藤木さんは、課長がなぜ会長と親しいのか、聞いたでしょう？」

比佐子は探りを入れてみる。

「ああ、なんかそんなことばかり訊くから、適当に答えたけどね」

「どんなふうに？」

「面倒くさいから、俺は、会長の隠し子だって言っといた」

「ええっ？　そうだったんですか？」

「そんな訳ないだろ」

雨宮は嬉しそうに笑った。

「まあ、俺は品があるから、藤木は冗談を真に受けてたみたいだったけどな。会長が俺に目をかけてくださるのは、俺の経理マンとしての資質を見抜いておられるからだよ」

そっちの方が、よっぽど冗談に聞こえるんですけど。

「雨宮課長、おはようございますっ」

事務所に入ってきた藤木が、身体を九十度に折り曲げて、雨宮に挨拶する。

「昨夜は遅くまで、ご教示いただきまして有難うございましたっ」

「ああ、おはよう。少しは役に立ったかな？」

雨宮は満足げに笑って、ふんぞり返る。

「はっ。スキー場でアイドルに間違えられたお話など、大変感じ入りました」

正気か？　藤木？

呆然と突っ立っている比佐子の前で、藤木はもみ手をせんばかりに雨宮に擦り寄った。

「課長、異動のご準備などありましたら、なんでもお申しつけください。それから送別会の手配も済ませておきました。喜楽亭で、すき焼きコースということでよろしいでしょうか?」

「あそこの肉はちょっと硬いけど、まあ仕方ないか。予算もあるだろうし」

「はっ。申し訳ありません」

藤木はてきぱきした動きで、雨宮の机回りを片付け始めた。比佐子が、給湯室へ行きかけると、大声で呼び止める。

「須藤さん。雨宮課長の送別会は、今度の木曜日、午後七時より喜楽亭だから。もちろん全員参加で。花束とか、記念品とかは女子社員で考えてくれないかな。くれぐれも課長に失礼のないように」

わざわざ雨宮に聞こえるように言う。げっそりしたまま歩き出すと、香織が後ろからついてきて囁いた。

「ねえ、なんか藤木さん、感じが変わったけど、なにかあった?」

「さあね。雨宮ファンになったみたいよ、急に」

比佐子は頭を振った。

「へええ、なんでだろう」

香織、あんたももうちょっと、男を見る目を養った方がいいかもよ。比佐子は心の中で呟いた。なぜか、田所の幅の広い顔が浮んできて、比佐子は思わず顔を赤らめた。

十四

昼下がりの公園は、家族連れで賑わっていた。いつも通勤に使っている電車なのに、三駅郊外へ近づいただけで、これだけ自然に恵まれた場所があることを比佐子はいままで知らなかった。入り口を抜け、色づき始めた楓や銀杏の葉を眺めながら歩いていくと、すぐに池が見えてくる。小さな入り江には、鯉でも泳いでいるのだろうか、子供たちが水の中を覗き込んで歓声を上げていた。

比佐子は立ち止まって辺りを見回した。田所との待ち合わせ場所は、彼曰く、「池の前」だ。池はわかった。でも「前」って、どこよ？

池は比佐子の想像していたよりずいぶんと大きい。だいたい池に「前」とか、「後ろ」とかあるわけ？

池の周辺にはいくつかのベンチが並んでいる。子供たちの遊んでいる入り江の向こうには石造りの橋がかかっていて、その先には小さな滝さえ見えていた。ジョギングをしている人もちらほらいて、明らかにこの池は、走るのに適しているぐらい大きいのだ。

比佐子はため息をつきながら、腕時計を覗き込んだ。待ち合わせの時間には少し早い。まだ来ていないのかもしれない。田所の目立つ体型は見渡した限り見当たらなかった。

まあ、いいか。いざとなれば、携帯に電話すればいい。せっかくだから、池の周りをぶらぶら歩くことにした。空は秋らしく晴れ上がっている。

「たまには、昼間逢おうよ」

いつもの居酒屋で飲んでいる時、田所は突然言った。

とても気に入っている場所がある、そこでのんびり時間を過ごして、飽きたら美術館にでも行こうよ。

それって、完全なるデートだよな。比佐子は胸が騒ぐのを感じた。一番先に頭に浮かんだのは、何を着ていけばいいかということだった。次に、お弁当を作って持っていった方がいいだろうかと迷った。そして、すごく苦手なことをする前みたいに、緊張し始めた自分に自分で呆れた。また同じ失敗をするかもしれない、「君っておとなしいんだね」と言われるかもしれない。でも目の前の田所の笑顔を見ているうち、比佐子は無意識に微笑み返していた。この人なら大丈夫。きっと今までのようにはならないと、自分に言い聞かせたのだった。確信があるわけではない。でも、スポンジみたいに何もかも吸い取ってくれそうな田所といると、素直に自分が出せるのだ。

比佐子は澄みきった青空を見上げた。

毎日起こる些細な出来事、後輩の女子社員たちの意味ありげな笑い声や、レンタルビデオ店の金髪の店員のつっけんどんな態度や、温め時間が足りなくて、生ぬるいコンビニ弁当の不味《まず》さや、一つひとつはたいしたことではないのに、それらが蓄積してきて、だんだん気持ちがささくれだってくる。そういう日常が馬鹿らしく思えるほどに晴れ上がった空だ。池の表面は細かな小波《さざなみ》が、秋の陽射しを受けて輝いていた。比佐子は幸福な気持ちで歩き続けた。

いつの間にか、池を一周して、元の場所に戻ってきていた。三メートルほど先のベンチに田所の大きな体を見つけて、比佐子は手を振ろうと右手を上げたが、次の瞬間、その手を力なく下ろしていた。

田所の隣に若い女性が座っている。薄いピンクのジャージがよく似合って、束ねた長い髪が陽射しに輝いていた。田所とその女は親しげに喋っている。女は、時々細い顎を天に向けて楽しげに笑った。田所も微笑みながら、その女の横顔を見つめている。比佐子はしばらく呆然と二人の姿を眺めていた。

比佐子に気づいたのは、女の方が先だった。彼女は立ち上がり、比佐子に向かって、軽く頭を下げ、田所に二、三言何か言うと、手を上げて反対の方向へ走り出した。ジョギングの途中だったらしい。

「あの人、誰？」

比佐子は、ベンチに近づき、田所の笑顔にぶつけるように言った。自分ながら、きつい声だと思った。田所は少し驚いたように目を見開き、それから、またいつものにこやかな表情に戻って答えた。

「会社の後輩だよ」

「きれいな人ね」

「そうかなあ。今時の若い娘《こ》はあんなもんだろ」

カチン。比佐子の頭の中で何かが弾ける音がした。

どうせ私は、「今時」でも「若い娘」でもないわよ。今、気づいた。外資系の保険会社には、きっとあんなきれいな娘がいっぱいいるんだ。

「いいところだろう？　ここで半日ぐらい、ぼうっと木や池を眺めていると、ほんとにリラックスできるんだよ」

田所は、何も気づかないように一人で話し続けている。比佐子もベンチに並んで座って、ぼんやりと池を眺めた。池の表面には強い陽射しを反射して小波が煌《きら》めいている。ついさっきまであれほど美しく見えたものが、今は古い写真のようにくすんで見える。

「なんか、機嫌悪い？」

黙り込んでいる比佐子に気づいて、田所が心配そうに訊ねてくる。

「別に」

沈黙。

「俺、なんか悪いこと言ったっけ？」

「別に」

沈黙。

田所はしばらく腕組みをして考え込んでいたが、そのうち、急に笑い出した。

「何がおかしいのよ」

比佐子の不機嫌な声に、田所は笑いながら答えた。

「もしかして、嫉妬してくれてるのかと思って」

比佐子は思わず立ち上がった。

「違うわよ。なんで私が嫉妬なんかするのよ」

田所はなおも笑い続けながら、比佐子を見上げた。

「そうだよな。比佐子ちゃんは男嫌いだもんな」

頭に血がのぼった。

「馬鹿にしないでよ。私、帰る」

歩き出そうとする比佐子の手を田所が掴んだ。

「待って」

田所は珍しく真剣な表情だった。この人、こんな顔もするんだと、比佐子は頭の隅で思った。いつも笑っているか、食べているかの表情しか見たことがなかったから、今目の前にある、目を大きく見開き、口をへの字に結んだ田所の顔は、やんちゃな男の子が母親に叱られて今にも泣き出しそうな時みたいに見えた。

「悪かったよ。でも、俺は、そんな比佐子ちゃんが好きなんだよ」

「そんなって、どんなよ」

比佐子も自分が子供みたいにふくれっ面をしているのを感じながら、今、この人、私のことが好きだって言った、と心の中で繰り返していた。

「どんなって……。意地っ張りで、見かけは強そうにしているけど、本当はとても優しいところ……かな」

「優しくなんかない」

無意識に比佐子は腰を下ろした。

「いつも人の悪口や愚痴ばっかり言ってるし、そのくせ、嫌われたくなくて面と向かっては何も言えないし、将来の夢も、夢中になれるものもない。ほんと、つまらない女なんだから」

田所はゆっくりと首を振った。口元にはいつもの微笑が戻っていた。

「優しくなければ、そんなに嫌な上司の自慢話を毎日黙って聞いてたりしないよ。電車で最初から立ったりもしないし、人を傷つける言葉を呑み込んだりもしない。それに将来の夢は『お嫁さん』だろ。素晴らしい夢だよ」

比佐子の頬にはいつの間にか涙が流れていた。この人は、私のことをわかってくれている。そう思っただけで温かいものが胸の中に広がった。世界中の誰もわかってくれなくても、たった一人の人に理解されていればそれでいい。そう思ったら涙が止まらなくなった。

「できれば」

田所は、子供にするように比佐子の頭をやさしく撫でた。

「その夢を、俺に叶えさせてほしいんだけど」

田所の笑顔が涙で滲んで見える。比佐子は、自分の顔がきっと、涙と鼻水でぐちゃぐちゃになっているだろうと思いながら、

「……ちょっと早すぎない？」

と答えた。田所は頭を掻きながら、照れくさそうに笑った。

「そうだよね。じゃ、言い直すよ。……結婚を前提に付き合ってください」

比佐子はティッシュで洟《はな》をかみながら答えた。

「喜んで」

「良かったあ」

田所は立ち上がり、万歳をするように両手を大きく上げた。雲ひとつない澄みきった青空はどこまでも高く広がっている。

「水を差すようだけど」

比佐子は田所の大きな身体を見上げながら言った。

「ちょっと、ダイエットしましょうか」

田所は少し悲しそうな顔で自分の腹を撫でる。

「やっぱり?」

比佐子は笑いながら、涙を拭いた。田所はベンチに座ってしみじみとした口調で言った。

「考えてみれば、比佐子ちゃんとこうなったのも、その課長さんのおかげだよな。お礼を言わなくちゃ」

「ええー? どうして雨宮課長に関係あるの?」

「だって、一番最初に会った時、比佐子ちゃんの言葉の端々に、どうしようもない困った上司だけど、私はその人のことをちゃんと理解しているっていう感じが伝わってきたんだよ。それってすごいよ。比佐子ちゃんは悪口を言いながら、その人を許してるんだから」

比佐子は首を傾げた。

「いいように取り過ぎよ。私って、そんなにいい人じゃないわよ」

田所は真面目くさった顔で首を振った。

「そんなことないよ。俺は、これでも女を見る目だけは確かなんだから」

比佐子は思わず吹き出した。

「これから、だんだん嫌なとこが見えてくるから。後悔したって知らないわよ」

「楽しみだな、それ。ところで、お腹すかない?」

「そうね。もうぺこぺこ」

「じゃ、美味しいものを食べに行こう」

公園には笑い声が満ちている。比佐子は田所の大きな肩にそっと寄り添った。

十五

「だ、か、ら」

藤木が香織にさっきから、何かを教えているらしい。香織が思い通りに動かないのか、藤木は苛立った様子で、机に人差し指を打ちつけている。

「だから、何度言ったらわかるんだよ。棚卸し表ぐらい、毎月作ってるんだろ」

「だってえ」

甘えようとする香織をぴしゃりと制した。

「商品管理課がいい加減な仕事をすれば、下手したら、会社の利益が吹っ飛ぶことになるんだ。そういう自覚を持って仕事をしろよ」

「はあい」

不服そうに香織は唇を噛みしめた。

桑原支社長は、ホワイトボードに「本社」と書き込まれた日から、支社に顔を出していない。どうやら会社を辞めたのは間違いないらしい。自分から辞表を出したとか、解雇になったとか、いろいろな噂がまことしやかに囁かれていた。藤木はめっきり仕事熱心になり、もともと有能には違いないから、やる気を出せば、その仕事ぶりは雨宮の比ではない。営業部も仕入部も戦々恐々としている。

「次の支社長はまだ決まってませんが、どなたが来られても恥ずかしくないような仕事をしましょう。雨宮経理課長が道筋をつけてくださった、この支社の経理部門を、僕は守り抜いてみせます」

昨夜、雨宮の送別会で、乾杯の音頭をとった藤木は堂々と言い放った。その隣で満足そうに微笑んでいた雨宮の顔は最高に輝いていた。また自慢話のネタが一つ増えたな、と比佐子は苦々しく思い、これから「雨宮自慢話」の餌食になるであろう、稚内支店の誰かのために心の中でそっと手を合わせた。

考えてみれば、本当に不思議な人間だ。たいした人間ではないはずなのに、知らず知らずのうちに自慢話が彼のもとに集まるみたいだ。

雨宮を会長の隠し子だと信じ込んでいる藤木は、これからも雨宮の意志を引き継いで、りっぱな経理マンを目指すに違いない。よかったような、はた迷惑なような。比佐子は複雑な思いで、事務所内を見回した。

雨宮がもたもたと段ボール箱にテープを貼っている。今日が彼の最後の日だ。

「あ、課長。そんなことは僕が」

藤木が慌ててそばに馳せ参じる。

「藤木君。短い間だったが、世話になったな」

「いえ。課長のことですから、稚内支店を見事勤め上げて、またすぐここにお戻りいただけるだろうと、その日を心からお待ちしております」

「さあな。俺のことだから、次はきっと本社だろう」

雨宮は余裕たっぷりだ。

「はっ。失礼いたしました」

最敬礼する藤木に満足そうな視線をくれてから、雨宮は比佐子を手招きする。

「須藤君、須藤君」

「はい」

相変わらずこの人の手招きは苦手だ。嫌な予感がしてならない。

「窓の外を見てごらん」

例のごとく、芝居がかった仕草で窓を指差した。朝からの雨でサッシは曇っている。

「雨ですね」

雨宮は大きく頷いてみせた。

「この雨は、俺の涙雨だ」

比佐子はげっそりしながら、無駄だと知りつつ言ってみる。

「ユダヤ人の挨拶で、『今日は雨の降るいい天気だ』っていうのがあるって、前に言ってた人がいましたけど」

雨宮は、ゆっくりとかぶりを振った。

「今日の雨は、それじゃない」

はあ、そうですか。やっぱりね。

「だけどね、須藤君。やまない雨はないんだよ」

雨宮は窓に向き直って、大仰に手を広げた。

「俺は今日のこの雨に誓う。男雨宮、このままで終わるものか。必ず、必ず、陽の当たる場所に戻ってきてみせるぞ」

呆れたように眺めている社員たちの中で、ただ一人、藤木だけがぱちぱちと拍手をした。

「そうですとも。当たり前じゃないですか。雨宮課長は不滅です」

感極まったように叫ぶと、雨宮の手を取った。

「課長、不肖、藤木はいつまでも課長のお帰りをお待ち申し上げて」

「タクシー、来たって」

香織が面倒くさそうに言った。雨宮は少し焦って、比佐子に向き直った。

「ひとつだけ気になることがあるんだ。須藤君、俺の最後の大仕事の件だが」

「え、だって、それは支社長とイーエス産業さんの件でしょう？」

「違う、違う。あれはグラフウィザードの発見による偶然だろ。そんなことじゃないんだ」

偶然だったのか？　支社長、それで辞めちゃったんですけど。

「俺が気になってるのはな、社員のコーヒー代だ。飲む奴と飲まない奴がいるんだから、会社の福利厚生費で賄うのはおかしいだろ。飲む人間は、少なくとも一人一カ月、千円ぐらいは払ってもらわないと筋が通らない。細かい話だと思うかもしれないが、こういうことが社員の意識改革に大事なことなんだ」

まあ、おっしゃることはもっともなんだけど、どうして、今日、それを言うんだ？　あんたは今まで、会社のお金でコーヒー飲みまくってたよな？

「わかりました。この藤木が責任を持って、対処させていただきます」

横から、藤木が口を出す。ここまでくると、優秀な男だったはずの藤木も、ただの馬鹿としか思えない。

「じゃ、俺は行くから。みんな、元気でな。ああ、見送りはいいよ。辛くなるだけだから」

コートを羽織ると、雨宮は颯爽と歩き出そうとしてゴミ箱につまづいた。その拍子に段ボール箱を二個蹴飛ばし、たたらを踏んでやっと立ち直り、

「やっぱり俺は運動神経がいいな」

と、さすがに恥ずかしそうに呟いて、事務所のドアノブに手をかけた。

「ああ、須藤君」

なんだよ。最後くらいカッコ良くさっさと立ち去れよ。

「はい」

「なんか、最近いい感じになってきたな。やっと俺の指導がきいてきたんだろうなあ。ま、その調子でこれからも頑張ってくれたまえ。じゃ」

勢い良く、ドアが閉じられたと思ったら、コートの裾が三角に挟まっている。そのベージュの布がするするとドアの隙間から消えていく瞬間、比佐子は自分でもびっくりするほどの大声で叫んでいた。

「有難うございましたっ。課長のおかげで、私、幸せになれますっ」

コートの裾は一瞬、その動きを止め、しばらく逡巡《しゅんじゅん》していたが、やっと決心したみたいにドアが開いて、満面の笑みを浮かべた雨宮が顔を出した。

「そうか。俺のおかげか。あんまり褒めるなよ。照れるじゃないか」

そして片手をひらひらと振りながら、今度こそ階段を下りていく。

しまった。私も自慢話のネタを提供してしまった。比佐子は苦笑しながら窓際に寄った。見下ろすと、雨宮がなにやら嬉しそうに運転手にしゃべりながら、タクシーに乗り込むところだった。気の毒に、今日最初の犠牲者は、きっとこの運転手さんだろう。

雨は少し、小降りになっていた。


—了—

カメリアハウスでつかまえて

一

伊勢田千里《いせだちさと》は、黒くて背の高い、なんとなく鉄格子を思わせる不吉な門扉を掴んで、大声を出した。

「こんにちは。エンジェルサービスから参りましたヘルパーの伊勢田です。どなたかいらっしゃいませんか？　こんにちはぁ。誰かいませんかぁ？」

半ばやけくそになって、千里は門扉を強く揺すった。嫌な金属音が閑静な住宅街に響く。

しゃれた文字で書かれた「椿沢」という表札の下には、名刺ほどの大きさで「カメリアハウス」と刻まれた白い石が嵌《は》め込んであった。その横の、「故障中です」と、下手くそな字で書き殴られた紙が貼ってあるインターフォンを恨めしげに睨《にら》み、もう一度叫ぶ。

「こんにちはぁ。誰もいないんすか？　マジっすか？」

ひときわ大きな声なのは、これを最後にして帰ろうと決めたからだ。言葉がカジュアルなのも、どうせ、誰もいないんだろうと、ほぼ確信していたからだ。約十分ばかりも、こんなとこで叫んでいたんだ。これで誰も出てこなければ、私は帰る。施設長にはこう言ってやる。

――ずいぶんとお声をかけさせて頂いたんですが、お留守みたいで。もしかしたら、今日のことをお忘れか、まさかとは思いますが、冷やかし、ですか、そういう類ではないかと？

真面目だけが取り柄の施設長は、きっと目を白黒させながら、心配そうに言葉を探すに違いない。

――そんなことはないやろう。もしかしたら、なんらかの病気で倒れていて、誰にも発見されないまま、家の中で亡くなっているとか、あるいは昨夜、強盗に入られて、猿ぐつわを噛まされたまま、ベッドの脚に括《くく》りつけられているのかもしれへんぞ。

施設長の門脇《かどわき》は、身長百八十センチ、九十キロという貫禄充分の体型で、顔立ちも西郷隆盛の肖像画みたいに立派な造作である。けれど、堂々とした印象を与える外見とは裏腹に繊細な感性の持ち主で、細かいところにまでよく気がつく、というか、最悪の状況を考えられる、というか、とにかくマイナス発想の取り越し苦労性なのである。あれこれ迷いがちで、決断が遅い。取り柄といえば、真面目、穏やか、滅多に怒らない、ぐらいか。それも長所といえるのかどうか。訪問介護ステーション「エンジェルサービス」のヘルパーたちは、ほとんどこの施設長を馬鹿にしている。

相変わらず、誰も家から出てくる気配はない。やっぱり帰ろう。千里が歩き出した途端、後ろでドアの開いたようなかすかな音がした。振り返ると、緑色のジョウロを持った、小柄な老女が玄関から出てくるところだった。

「あのっ」

慌てて戻り、門扉を掴む。

「私、エンジェルサービスの伊勢田といいます。ヘルパーです。さっきから何度も呼んでて、インターフォンが故障だから、今日から訪問介護で、椿沢志穂《つばきさわしほ》さんの」

自分でも訳のわからない文章だなと思いながら、目の前の老女に縋《すが》るようにまくし立てた。

老女は不思議そうに、黙って千里の顔を見上げている。

——そうか。認知症が入ってるのかも。

千里はそう思いつき、ゆっくりと噛んで含めるような口調で言い直した。

「こちらにお住まいの、椿沢志穂さんの、ですね、ヘルパーとしてですね、あ、介護です、介護。わかります？　エンジェルサービスの伊勢田といいます。家事のお手伝いとか、お散歩の付き添いなんかをさせてもらいます。あの、椿沢さんですよね？」

千里の質問に、老女は、二、三回瞬きをした。そして、沈黙。

「あ、だいじょぶです。私、けっこう慣れてるんで、認知症とか。あ、いえ、なんでもないです。じゃ、お邪魔してもいいですかね？」

門扉を開けようとする千里の手の上に、拒絶するかのように老女の手がそっと置かれた。

「え？」

驚いて見返すと、老女の目は、ぎらぎらと不思議な光を湛《たた》えている。

「あんたと違《ちゃ》う。テッペイ君はどうした？」

「は？　テッペイ君、ですか？」

千里は頭を巡らす。誰だ、それ？

確か先週までは、河村という二十八歳の男性ヘルパーがここに来ていたはずだ。だけど彼の名前は確か、タケシだか、タカシだかで、「テッペイ」ではなかったけどなあ。

「あの、河村っていうヘルパーのことですか？　先週までここに来てた」

「そやがな。そのテッペイ君やがな」

「彼の名前は、確か、テッペイではないんですけど」

「わからん女やな。テッペイ君いうのんは、渾名《あだな》やがな、渾名。わかるやろ。ほれ、芸能人でいるやんか、何《なん》やらテッペイ。あの子にそっくりやから、私ら、みんなあの子のこと、テッペイ君って呼んでたんや」

「……はあ、そうですか」

何やらテッペイって？　そんな芸能人いたっけ？

「まさか、テッペイ君、辞めたんか？　あんたら苛《いじ》めたんやろ。底意地の悪そうな顔してるもんなあ、あんた」

はあ？　なんやこの婆さん。いきなり喧嘩売るつもりか？

千里はなるべく穏やかに聞こえるような口調で言った。

「河村は、家庭の事情っていうか、次の就職先が決まって辞めました。割と急な話で」

――ヘルパーなんて、ずっとやる仕事じゃないですよね。体力要るし、汚いし、給料安いし。早いとこ、足洗えてラッキーでしたよ、ほんと。

千里は、最後の日、笑いながら事務所を出ていく河村の姿を思い出していた。その時、事務所には施設長と千里しかいなくて、河村の得意げな話を、施設長が曖昧《あいまい》な笑みを浮かべて黙って聞いているのに腹が立った。千里は小さい頃から、誰かのために、大きく言えば、社会のために役立つ仕事に就きたかったから、ヘルパーの仕事を汚いとか、きついとか、給料が安いとかで嫌だと思ったことは一度もない。

就職浪人で、大学を出てからアルバイトを転々としていた河村が、介護ヘルパーになったのは、ただ単にバイト先の工場でリストラされたからだった。施設長は、彼のことをかなり気に入っていて、福祉関係の色々な資格をとるように勧めていたけれど、結局、彼の望んでいたのは、普通のサラリーマンだった。

――今度の会社、IT関連なんですよね。結構厳しいみたいすよ。実力主義らしくて。頑張りますよ。こんなとこに舞い戻りたくないですからね。

色の生っちろい、嫌な奴だったなあ、と、千里は思い出す。あいつが芸能人の誰に似てるって？　何やらテッペイって、ほんと、誰だろう？

千里は、気を取り直して、目の前の老女に向かって言った。

「とにかく、今日から、私がここの担当になりましたので、よろしくお願いします」

頭を下げると、「ふん」と、鼻を鳴らすような声を出して、彼女は植木に水をやり始めた。

「あの、入ってもいいでしょうか？」

おずおずと言うと、老女は面倒くさそうに手を振った。

「好きにしたらええがな。私らの楽しみが、また一つ減っただけの話や」

なんなんや、その言い方。私のせい？　河村が辞めたんは、あいつの勝手やし。私、関係ないし。

心の中で毒づきながら、門扉を押して入ると、玄関まで続くポーチには、色とりどりのバラの植木鉢が並んでいる。

「いやあ、きれい。丹精してはりますねえ」

思わず褒めると、悪い気はしないのか、老女は機嫌のよい笑顔で、

「まあな。こう見えても、昔、イングランドに住んでたことがあるよってな」

と言う。

「イングランド？　イギリスではなくて？」

「そやから素人はかなわんのや。イギリスなんて言うてんのは、日本人だけやで。ええか。私たちがイギリスや思うてんのは、グレートブリテン及び北アイルランド連合王国のことや。UK、つまりユナイテッド・キングダムが正式名や。イングランド、スコットランド、ウェールズ、北アイルランドの四カ国で成り立っているんやで。その昔、」

長そうな説明を始めようとした時、玄関が開いて、中から白いシャツにジーンズという出《い》で立《た》ちの背の高い老女が出てきた。

「町子はん、お客さんか？」

町子と呼ばれた老女は、イングランドの説明がまだ途中らしかったが、仕方なさそうに、玄関の方へ向き直って言った。

「エンジェル何《なん》やらから来た、何《なん》やらさんやて。テッペイ君、辞めたらしいで。喜代ちゃん、知ってたか？」

「へえ、全然知らんかったわ。なんや、水くさい子やな。あんなにいろいろしてやったのに」

この人たちが、河村にどれだけのことをしてやったのかは知らないが、「何やらさん」はないやろ。さっきから、何遍、名乗ってると思うてるのん。悔しさを押し殺して、千里はもう一度名乗ってみる。

「エンジェルサービスから参りました、伊勢田千里と申します。今日からお世話になります。よろしくお願い……」

「あんた、歳はいくつや？」

喜代ちゃんが、にこりともせずに訊《たず》ねてくる。

「三十六歳、ですけど」

「なんと、中途半端な歳やな」

「は？」

年齢が中途半端やと言われたのは初めてだ。それやったら何か？　私の同級生は、みんな中途半端なのか？

「結婚はしてるんか？」

「実は、二年前に離婚して……」

「ほら」

喜代ちゃんは、それ見たことか、みたいな顔で頷《うなず》いた。なにが「ほら」なんだ？

「子供は？」

「小学五年の娘が一人います」

「アホやなあ」

喜代ちゃんが言って、

「ほんま、アホやわ」

町子はんが断定した。

「あんた、これから一番、子供にお金がかかる時期やんか。どないするん？」

「はあ」

なんで、こんな玄関先で、私は二人の老女に説教されてるんだろう。しかも、名前から察するに、私はまだ介護すべき「椿沢志穂」さんに出会ってもいないし。

「あの、椿沢志穂さんは、こちらにお住まいですよね？」

千里はもう一度確認してみる。なんだかすごいところに迷い込んでしまった猫のように、心細くなっていた。

「なんや。志穂ちゃんに用事かいな」

町子はんが、初めて聞いたみたいな大声を出した。最初からそう言ってるよな。千里は思わず額に手をやった。きっと眉間にはものすごく皺がよっているに違いない。

「志穂ちゃん、お客さんやで。何《なん》やらさん」

喜代ちゃんが奥に向かって叫ぶ。全身から力の抜ける思いで、千里は玄関先まで進んだ。

「伊勢田です。伊勢田千里」

一緒になって、家の中に叫ぶと、

「はい、はい」

トーンの柔らかな声が、奥から聞こえてきた。

渡された資料によると、椿沢志穂は七十三歳。一年前に脳梗塞の発作を起こし、右半身に軽い麻痺が残っている。時間をかければ、歩けるし、家事などもできているが、要介護2の介護認定を受けていた。

カツカツと杖が廊下を打つ音が聞こえる。老人介護に携わってからは、馴染みの音だ。玄関からの逆光の中で、すらりとしたシルエットが段々近づいてくる。

「新しいヘルパーさん?」

椿沢志穂さんは艶然《えんぜん》と微笑んだ。本当に艶《つや》やかな笑顔だった。とても七十三歳とは思えない色気が、マキシ丈のグレーのドレスから匂い立つようだった。白髪のショートカットは、きれいに撫でつけられ、珊瑚《さんご》だろうか、紅い小さなイヤリングが、シックな装いによく似合っている。

「は、はい。エンジェルサービスから参りました、伊勢田千里と申します。遅くなりまして。実はずっと前に来てたんですが、インターフォンが故障してるでしょ。何度かお呼びしたんですけど……」

「あら」

志穂さんは軽く首を傾げた。

「インターフォンは故障してましたっけ？　喜代ちゃん」

喜代ちゃんが、ぷるぷると首を振る。

「いいえ。壊れてへんよ。故障中の紙が貼ってあるだけで」

「はあ?」

千里は思わず大きな声を出した。

「紙が貼ってあるだけって、あなた……」

誰だって、故障やと思うでしょ、そりゃ。

「あんた、一回も鳴らしてへんの？　そら、あかんわ」

喜代ちゃんは、まったく悪びれたふうもなく言い放った。

「世の中、目に見えるものだけを信じたらあかんで。裏の裏まで読まんと」

町子はんが玄関に入ってきて、物入れにジョウロを片付けながら言った。

「裏の裏って……」

反論する言葉も見つからぬまま、千里は呆然《ぼうぜん》と呟く。なんなんや、この人たち。

「しつこい新聞の勧誘やら、訳のわからんセールスやらが多いからな。あれを貼ってると、割と諦めて帰るみたいなんや。どうしても用事のある人やったら、一遍ぐらいは鳴らすやろと思うてな。そうか。あんたは一遍も鳴らさへんかったんか。一遍も。へえ、そう」

喜代ちゃんが、横目で千里を見ながら繰り返す。

まるで、私が悪いみたいになってないか？

千里は、気持ちを落ち着かせるために深呼吸をした。相手はお年寄りじゃないか。本気になって怒ってどうする？

「じゃ、今度からは、鳴らすようにしますね」

精一杯の笑みを浮かべたつもりだったが、喜代ちゃんも町子はんも、にこりともせずに頷いた。

「まあ、今度からは、気ぃつけてぇな」

「そういう時は、ダメもとやと思うて、一度は鳴らしてみるもんや」

「……はあ」

げっそりしながら返事をすると、志穂さんが明るい声で言った。

「伊勢田さん。あ、千里さんって、お呼びしてもいい？　とにかく上がってくださいな。みんなでお茶にしましょうよ」

さすが、志穂さんだ。もう私の名前を覚えてくれたよ。しかも標準語だよ。

感激しながら靴を脱いで上がる。家の中心に廊下が通っていて、右側にいくつか部屋があるらしくドアが並んでいた。反対側は風呂や洗面所になっていて、突き当たりは、ダイニングキッチンのようだった。外から見るよりも奥行きがあって、思ったより広い家だ。壁もシックなベージュだし、どこからか、お香も匂ってきて優雅な感じがする。

志穂さんは、杖をつきながらゆっくりと歩いていく。廊下は車イスが通るにはちょっと無理な狭さだ。壁に手すりを付ければ、家の中で杖をつかなくてよくなるだろう。慣れてきたら、そういう提案もしてみよう。そんなことを考えながら、ダイニングに入ると、大きなテーブルと食器棚が目に入った。

「ハーブティーでいいかしら？」

志穂さんが、不自由な右半身を戸棚に押し付けるようにしてから、左手でティーカップを取り出す。ぎこちない動きが危なっかしい。

「私がします」

思わず、近づこうとする千里を、喜代ちゃんが制する。

「手出しは無用や」

そういえば、喜代ちゃんも町子はんも、いっさい手伝おうとしない。ただ黙って志穂さんを見ているだけだ。

「そうなのよ。これが私のリハビリ。どうしても辛い時は手伝ってって言うから。できるだけ自分でやるようにしてるの」

志穂さんは、あの優しげな笑みを浮かべたが、額には細かな汗が滲《にじ》んでいる。

「でも……」

本人のやる気を削ぎたくはない。けれど、こんな狭い場所で、もし転んだりしたら重大な事故になりかねない。千里は、決然と言った。

「リハビリはもちろん大事なことですが、せめてもう少し安全を考えてからしましょう。私はヘルパーですから、今日はお手伝いさせてください」

「へえ」

喜代ちゃんが感心したような声を出した。

「専門家みたいなこと言うんやな」

一応、専門家ですけど。まだまだ新米やけど、介護福祉士は持ってますし、と心の中で呟く。

「したいって言うんやったら、させたったら」

町子はんが腕組みをしながら言う。

「お金、払うてるんやろ。使わな、損やがな」

「まあ、そういうこともありますから」

苦笑いしながら、千里は志穂さんの手を取って、椅子に座らせた。思ったより柔らかい感触が手に伝わってくる。本当にこの人は七十歳を過ぎているようには思えない。

「有難う。じゃあ、今日はそうしてもらおうかしら」

志穂さんは、ほっとしたような声を出した。この人は、何か無理をしているみたいだ、とふと思う。

訪問介護でいろいろな家を回っていると、本当に世の中には、さまざまな家族があるんだなと思い知らされる。老人も皆それぞれで、頑固でわがままな人もいれば、その逆に若い人にやたら気を遣い過ぎる人や、自分のことにしか興味がない人など、歳を重ねると、元々の性格が強く前面に出てくるみたいで、面白く感じることもあるが、やはり振り回されて大変なことの方が多い。千里は、この家の三人の老女を見回した。

ここも相当、個性的な人たちばかりだぞ、と気を引き締める。

「皆さんはお友だち同士で、ここに住んでおられるんですか？」

ティーポットに茶葉を入れながら訊ねると、町子はんがテーブルの上の菓子鉢からせんべいを取って口に運び、大きな音をさせて食べながら、喋り始める。

「お友だちというのとは、ちょっと違うんやけどな、ばりばり、私の場合、若い、ばりばり、頃、ちょっと仕事でな、ぱりぱり、知り合うたちゅうか」

「食べるか喋るか、どっちかにしいな」

喜代ちゃんが面倒くさそうに言った。

「へいへい。あんたは、ぼりぼり、行儀がいいさかいにな」

「あんたが悪すぎるんやろ」

この凸凹コンビは、掛け合い漫才みたいだ。志穂さんが、左手でカップを大事そうに持って、しみじみとした口調で言った。

「私たち、昔からの知り合いなの。私が独りなものだから、一緒に住まないかって誘ったのよ。だって淋しいでしょ。眠ってても独り、起きてても独り」

「そうやな。洗濯しても、掃除しても、ご飯を食べても独り、やもんな」

喜代ちゃんが引き取って言った。これはなんか聞いたことがある。尾崎何《なん》とかの句じゃなかったか？「咳をしても独り」っていうやつ。

「志穂さんはな、祇園の一流クラブのママやったんやで。今時の安物《やすもん》のキャバクラと違《ちゃ》うで。

お客さんは有名人ばっかりや。野球選手とか、政治家とか」

「へえ、どうりで。なんか、雰囲気が違うと思ったんですよ」

千里が思わず言うと、喜代ちゃんが憮然《ぶぜん》とした声で言った。

「雰囲気がどう違うって？　あんた、水商売を馬鹿にしてるんか」

「いえ、そんな意味で言ったんじゃないです」

千里が慌てて手を振ると、せんべいを食べ終えた町子はんが、面白がっているみたいに言った。

「その昔、喜代ちゃんは、志穂さんの店でチーママやった。愛想は悪いけど、スタイル抜群で、少女歌劇の男役みたいで、何より気風《きっぷ》が良かった。ホステスを馬鹿にする客や、酒癖の悪い客は、塩を撒いて追い出したもんや。志穂ちゃんが優し過ぎるから、ちょうどいいコンビやったなあ」

「要《い》らんことばっかり、ぺらぺら喋らんとき」

喜代ちゃんが怒ったように言って、せんべいを音を立てて齧《かじ》った。

「ええやんか。ほんまのことなんやから。何やらさんにも、わかって貰うといた方が」

「伊勢田千里です」

「ああ、ごめん、ごめん。歳をとるとな、新しいことがなかなか憶えられへんのやわ。千里ちゃんやな。わかった。もう憶えたで。千里ちゃん」

「町子さんも同じお店で？」

町子はんは大仰《おおぎょう》に首を振った。

「何言うてんのん。私みたいなちんちくりん、祇園で勤められるかいな。私は、近くの蕎麦屋で働いてたんや。祇園界隈では珍しく安くて、庶民的でいい店やったわ。仕事帰りのホステスさんたちが、よう来てくれはってなあ。この二人は、にしんそば専門や。こんばんは、町子はん、いつものって言う前に、にしんそばが出てくる、ぐらいの常連や」

「美味しかったわねえ。『すぎ田』のにしんそばを、もう一度食べてみたい」

志穂さんが目を細めて言う。

「ほんま、残念やったわ。あの店が潰れるなんてなあ」

喜代ちゃんが呟《つぶや》く。

「しょうがないわ。時代の流れっていうやつや」

町子はんが結論を出した。

「あの」

千里がおずおずと口を出す。

「ケアマネージャーから聞いておられると思うんですが、志穂さんの場合、要介護認定は2

です。介護の内容としては、週一回、リハビリのための通院の付き添いをします。これは基本的に火曜日の午前中ということでいいですか？　あともう一日、金曜日の午前中には入浴介助などの身体介護と、お部屋の掃除、買物、散歩の付き添いなどの生活援助をするということで」

志穂さんはゆったりと微笑みながら答える。

「ええ、千里さんのいいようにしてくださいな」

「いいえ、私のいいようではなく、あくまで志穂さんのしたいことを優先してですね、例えば、散歩とか、買物とか、もし行きたい場所とかあれば言ってください」

「一緒に伏見のお稲荷さんへでも行ったら？　東寺《とうじ》でもええわ。二十一日が弘法《こうぼう》さんの縁日やし」

町子はんが身を乗り出して言った。

「東寺の薬師如来さんは、男前やで」

「そう、ですか？」

仏さまを男前だと言う人って、珍しいんではないかと思う。町子はんは、勢いがついたのか、延々と話し続ける。

「あんた、東山の三十三間堂《げんどう》へ行ったことあるか？　きれいな観音さんがずらっと並んでな、それは見事やわ。男前ばっかりやで。みんなそれぞれお顔が違うてな、どんだけ見てても見飽きひん。まあ、観音さんのジャニーズみたいなもんやな。スマップやろ、嵐やろ、関ジャニもおるで」

いいのかなあ。仏さまに対してこんなこと言って。罰《ばち》があたらへんかったらいいけど。

「詳しいんですね」

仕方なく言うと、町子はんは嬉しそうに笑った。下の前歯が二本抜けていて、黒い空洞が広がる。

「私はな、昔からきれいなものが好きやねん。女でも男でも、やっぱり顔のきれいなんが一番や。見ててスッとする。この二人もな、今はこんなお婆さんやけど、昔はきれいかったんやで」

「そうだと思います」

千里は、それには納得して頷いた。

「町子さん、もういいから。千里さんが困ってるじゃない」

志穂さんの一言に救われるように、千里は立ち上がった。

「じゃ、志穂さん、そろそろ病院へ行きましょうか？　仕度、お手伝いします」

志穂さんは優雅に微笑みながら手を振った。

「今日は、そういう気分じゃないの。今度にするわ」

「えっ、でも」

千里が困っていると、

「あんな藪《やぶ》医者、行ったところで、たいして変わらへんからな。今度でいい、いい」

町子はんも一緒になって手を振る。

「じゃ、買物にでも行きましょうか？」

「別に、欲しい物もないし、ええわ」

喜代ちゃんが答えた。

「じゃなくて、これは志穂さんの介護なんです。志穂さん、買物とか……」

「ごめんなさい。千里ちゃん。今日はなんだか家にいたいわ」

志穂さんが微笑む。千里は溜め息をついた。

「じゃ、志穂さん、お風呂に入りましょうか？　入浴の介助をしますので」

「いいわよ。こんな時間からお風呂なんて。申し訳なくて」

志穂さんは上品な仕草で首を振った。

「私、何をすればいいんでしょう？」

千里は椅子に座り込んだ。

「前任者は何をしてたんですか？」

「テッペイ君は、そこに座ってるだけや。持ってきた漫画を読んだり、テレビを観たり。でもそれでいいんや。言うてるやろ。きれいな者《もん》は、そこにいるだけでいい。見てるだけでスッとする」

町子はんが、次のせんべいに手を伸ばしながら言った。

「でも、ヘルパーとして来ているのに、何もしないなんて」

「いいのよ。いつも忙しくしてるんでしょ。ここに来た時ぐらい、ゆっくりしたらいいのよ」

「……でも」

「いいから、いいから」

志穂さんに勧められるまま、せんべいを食べ、お茶を飲む。河村って、ここでそんな楽なことばっかりしてたのか、と改めて思う。訪問先の愚痴や、利用者さんの悪口ばっかり言ってたけど、どうりで、ここのことだけは悪く言わなかったはずだ。

「テッペイ君は、襟足《えりあし》がきれいやったわあ」

町子はんが頬杖《ほおづえ》をつきながら、うっとりと言う。

「そうそう。雰囲気もちょっとやんちゃな感じで」

喜代ちゃんが相槌《あいづち》を打つ。

「あんな子にさわられたら、それだけで血圧が上がるわ」

三人はアイドルの話をするみたいに喋り続けている。なんだか茶話会のようなのんびりした空気の中で、千里は仕事中だという自分の立場を思い出した。

「ここみたいに元気なお友だちと一緒に住んでおられたら、私たちの出番ってないですよね。在宅介護より、デイサービスとかをご利用される方がいいんじゃないですか？」

千里が喋ると、一瞬、三人は黙って顔を見合わせる。嫌な沈黙を振り払うように、千里はわざと明るい声を出した。

「デイサービスって、結構楽しいんですよ。みんなで歌を歌ったり、ゲームをしたり。新しいお友達もできるし」

喜代ちゃんが、眉間に皺を寄せて、厳《おごそ》かな口調で言う。

「ここだけの話にしといて欲しいんやけど、実はな、私ら三人は、このカメリアハウスからは出ていけへんねん」

「え？　どうしてですか？」

千里もつられて、低い声で訊ねた。

「あんた、まだ気づかへんのか？」

町子はんも真剣な表情で、顔を近づけてくる。

「え？　何がですか？」

なんだか嫌な予感に声が震えた。

「私ら三人の姿はな、あんたには見えてるけどな、実は……」

「……はい？」

「ほれ、あんたの後ろ……」

町子はんが何かを言いかけてから、両手で口を押さえた。視線は千里を飛び越えて、遠くを見ている。

「え？　何？」

訳のわからない胸騒ぎで冷や汗が流れる。

次の瞬間、喜代ちゃんが、すごい勢いで人差し指を突き出して叫んだ。

「鏡に、私ら、映ってへんやろっ」

「ひっ」

思わず目をつぶった。

「私らは、自縛霊や。十年前、ここで、みんなで自殺したんや」

怖くて目が開けられない。手の甲に冷たいものが触れ、千里は思わず悲鳴を上げた。

「ひええっ。やめてぇっ」

目を開けると、三人がにこにこしながら、千里の顔を覗き込んでいた。手の上には、濡れた布巾が載せられてあった。

「な、やっぱりひっかかったやろ」

「こういうタイプが、一番怖がりなんや」

「おっかしい」

三人揃って、どっと笑った。

千里は大きく目を見開いたまま、荒い息を整えた。

「ちょ、ちょ、ちょっと。ひどいやないですか。シャレになりませんよ、こんな」

言いながら、こわごわ後ろを振り返る。どこにも鏡なんかなかった。それを見て、町子はんが手を打って大笑いした。

「ええリアクションするなあ、あんた。今までのヘルパーさんの中で一番や」

「もうっ」

怒って頬を膨らますと、老婦人たちはますます笑い転げた。

二

結局、特に何もしないまま時間になって、千里はカメリアハウスを後にした。玄関先で三人に見送られながら、頭を下げる。

「じゃ、失礼します」

「また金曜日にね」

「介護日誌っちゅうのを書かんといかんのやろ。適当に書いとくんやで」

「気ぃつけて帰りや」

と、口々に言う声に背中を押されるように門を出た。妙な疲れが残っている。だいたいあの家に介護ヘルパーは必要ない。結局、自分たちの暇つぶしのためにヘルパーを呼んでいるだけじゃないか。世の中には、本当に介護を必要としている人がたくさんいるのに、これは間違っている。帰ったら、施設長とちゃんと話さないといけないと思う。

河村みたいにいい加減な仕事はしたくない。私はこれでも使命感に燃えて、介護に携わっているプロなんだから。思わず拳《こぶし》を握り締めながら歩いた。

「エンジェルサービス」は、駅前の雑居ビルの二階フロアを借りている。隣りは「バンブー企画」という、何をやっているのか、よくわからない怪しげな会社である。人の姿もほとんど見かけないが、ごくたまに、狐みたいな顔をしたひょろりと背の高い男が、ドアの鍵を開けて入っていく。そんな時、こっちに気づいた彼は、やたら愛想良く、天気の話や景気の話などをしては笑顔を振りまくが、それがわざとらしくて、また怪しい。

今日もちょうど階段を上りきったところで、ばったり狐男と出くわしてしまった。

「エンジェルさんは、美人揃いやねえ。やっぱり、あれですか？　社長さんが面食いやとか？」

お世辞なのか何なのか、狐男はいつもへらへらしている。

「そんなことないですよ。仕事的に、顔なんて関係ないし」

「いやいや。やっぱり美人やと、ついつい余分に頼んでしまうんやないかな。つまり売上が上がると」

下品な男だと思う。だから、適当に切り上げたいのだが、今日に限って、狐男はしつこい。

「オタク、町内会はどうしてはります？　うちは町費だけ払うて、役員とか寄り合いとかは勘弁してもろてるんやけど、こう不景気やと、町内でも売上に繋がる可能性があるんやないかと思うてね、これからは積極的に取り組んでいこうと思いましてん。あ、私、バンブー企画の代表をしてます竹原っていいます。代表っていうても、俺一人でやってるんやけどね」

ハッハと笑った。

「はあ、そうですか」

「オタクはどう考えてはるのん？」

この男の言う「オタク」は、千里を指すのか、エンジェルサービスを指すのか、と考えて首を傾げていると、

「ま、お隣り同士やから、今後ともよろしゅうお願いしますわ」

にこやかに頭を下げる。

「はあ」

こちらも曖昧に頭を下げた。


「ただいま」

ドアを開けると、夕方の交代時間にはまだ早いせいか、施設長が一人、パソコンに向かっているだけだった。

「お帰り。お疲れさま」

画面から目を離さずに言う。

「施設長。今日行った、椿沢志穂さんのところなんですけど」

「うん」

「なんか、ヘルパーが必要かなあって、感じなんですけど」

「何、それ」

「お友達同士で住んでおられるから、生活援助とか、あんまりないんですよね。本人さんも結構自分で動こうとされてるから、身体介護もほとんどなし。もったいないですよ。介護保険だって、一割は自己負担だし」

「伊勢田君」

施設長は、手を止めて、千里に向き直った。

「君は何か勘違いをしているんやないかな。老人の介護っていうのは、肉体的なもんだけやないんやで。例えば、他人と喋りたいとか、若い人と一緒に過ごしたいとか、お年寄りにはいろいろなご希望があるんやから。椿沢さん自身が、うちのヘルパーの介護を望んでおられる限り、それがヘルパーとしてあまり仕事がないように感じられても、全然構わへん話なんや。わかる?」

施設長は、一本一本がソーセージのような太い指を組みにくそうに組んでから微笑んだ。

「たまには、そういうお宅があってもいいんやないの？　息抜きになって」

「そんな」

千里は言い返す言葉を探すが、なかなか思いつかない。施設長は、またパソコン画面に向き直った。

「施設長は、河村君から何か聞いておられました？」

「何かって何？」

「うーん」

千里はうまく説明できなくなって、それから急に面倒くさくなった。

「やっぱ、いいです」

さっきカメリアハウスで、デイサービスの話をした時、自縛霊がどうのこうのと、からかわれたが、結局、それって、話をはぐらかされたんだよな、と千里は改めて思う。あの三老女は、何か事情があって、あの家から出たくないって思ってるのかもしれない。たいしたことではないと思いつつ、なんとなく気になる。黙り込んだ千里を不思議そうに見上げながら、施設長は呟いた。

「いいのんか？」

そして、ほっとしたように、またキーボードを叩き始めた。

「織千《おりせん》さんが倒産したらしいで」

しばらくしてから、インターネットのニュースを観たらしく、施設長が大きな声を出した。

「え？　なんですか、それ？」

「知らんか？　室町《むろまち》の織千。京都でも老舗中の老舗の呉服屋や。創業は江戸時代やて。年商は五億。負債は一億か。やっぱりこの不景気には勝てんかったんやろなあ。社長は行方不明やと書いてある。いわゆる夜逃げっちゅう奴やな」

「はあ、そうですか」

たいして興味もない。着物なんて着る機会もないし、着てみたいと思ったこともない。そんなことよりと、介護日誌を書き始めると、途端に頭を抱えた。「適当に」なんて、書けないよな。河村、あんた、どんなふうに書いてたんだ？

夕方の四時を回ると、夜勤のスタッフが続々と出勤してくる。

「おはようございます」

「おはよう」

エンジェルサービスはシフト勤務で、早番、日勤、遅番、夜勤の四つの時間帯で勤務している。基本的には交替制だが、千里は娘の真衣子が中学生になるまでは、無理を言って、昼間だけの勤務にしてもらっている。スタッフの挨拶は、夕方だろうと、夜だろうと、「おはようございます」だ。

先輩の二階堂さんが出勤してきて、千里の肩を叩いた。

「おはよう。どう？　頑張ってる？」

「はい。なんとか」

二階堂さんはシングルマザーの先輩でもある。今年四十五歳だが、引き締まった体型で、年齢よりずいぶんと若く見える。長い髪をきりっとシニヨンに纏《まと》め、黒縁の眼鏡がよく似合って、知的な印象だ。娘さんも同じ介護の仕事に就きたいと、今年から福祉関係の大学に通っているそうだ。仕事面でもプライベートでも千里は彼女を尊敬していた。

「今度、時間が合ったら、飲みに行こうよ」

二階堂さんの言葉に、千里は頷く。

「はい。ぜひ」

二階堂さんは、忙しそうに、巡回の準備を始めた。

日勤者が夜勤者に引継ぎをして、今日の仕事は終わりだ。明日の訪問先の確認をしていると、電話が鳴った。

「伊勢田さん、電話。椿沢さんって方」

「はあい」

慌てて受話器を取った。

「今日はどうも。有難うございました」

と言うと、志穂さんのゆったりした声が流れ出してくる。

「千里さん、実は……申し上げにくいんですけど」

ドキッとした。何か不手際があったんだろうか。そりゃそうだ。結局、何もしてないもの。

おせんべいを食べただけだ。

「あの、今度からは、もうちょっと頑張りますので」

「いいえ、そうじゃないの」

志穂さんは上品な笑い声を上げてから、急に小声で囁《ささや》いた。

「連れていって欲しいところがあって……」

「はい？」

「ちょっと遠いんですけど」

「どこです？」

「O市立総合病院」

「え？」

隣りの市だ。車で行っても片道四十分は優に越える。往復で一時間二十分。診察時間や待ち時間を入れると……。頭の中で計算しながら言った。

「あの、私は、決まった病院の付き添いをするということでお伺いしてるんですね。それ以外の病院へ行くには、ケアプランを作ったケアマネージャーに報告しないとダメなんです。もうちょっと近い病院はだめなんですか？　市内でもいい病院はありますよ」

電話の向こうでしばしの沈黙があった。

「……お見舞いに行きたいと思って」

「ああ」

治療や診察だとばかり考えていた。それだったら、意味が違ってくる。

「ケアマネやうちの施設長と相談してみますね。最初に立てたケアプランとあんまり違ってくると問題になるんですよ。すみません。結論が出たらお返事します。今度お伺いする時になってしまうかもしれませんが」

「よろしくお願いします。あ、それから、この話は、喜代ちゃんや町子さんには内緒にしてくださる？　私と千里さんだけの秘密」

「え、どうして？」

「変わったことをしようとすると、心配するのよ、あの二人。結構うるさくて」

「そうですよね」

確かに、見るからにうるさそうだ。それだけは納得して、受話器を置いた。


「え？　それはだめでしょ」

施設長に相談すると、即座に却下された。

訪問介護に携わるヘルパーには、いくつかの制約がある。

もともと介護サービスは、利用者さんが、できる限り、「自立した生活」を送るための生活支援を目的にしている。つまり、介護ヘルパーは、利用者さんが日常生活をしていく上での「必要最低限の行為」しか、してはいけないことになっている。例えば、家具の移動や窓のガラス拭き、ペンキ塗り、正月のおせち料理を作ることもNGだ。あくまで「日常」の、「必要」な行為の生活支援しかしてはいけない。

ということになると、隣の市の病院へ知人のお見舞いに行くことは、やっぱり「日常」の行為ではないだろうなあ、と、千里は小さくため息をつく。

「なんとかならないですかね。そういうことをしてくれるボランティアとかご存知ないですか？」

「知らんなあ」

施設長は気のない様子で、キーボードを叩き続けていたが、千里の突き刺すような視線にたじろいだのか、小さく咳払いをしてから、付け加えた。

「ま、ケアマネには、相談しておくから」

千里も仕方なく頭を下げた。

「よろしくお願いします」

三

金曜日、千里はカメリアハウスの前に立っていた。インターフォンには、やはり「故障中」の紙が貼り付けてある。

「ふん、押せばいいんでしょ、押せば」

人差し指を伸ばした途端、背後から大声で呼ばれた。

「千里ちゃんやないの。そうか、今日は来る日やったか。いらっしゃい」

振り返れば、町子はんが、大胆な花柄のチュニックに緑色の大粒のネックレスをして立っている。

「こんにちは。……可愛いですね、それ」

言いにくいけど褒めてみる。町子はんは、どうやら褒められるのに弱いような気がするからだ。

「そうか。やっぱり似合うか。歳とったらな、明るい色を着な、あかんねん」

ちょっと明る過ぎやしないか？と思いながら、調子に乗って言ってみる。

「眩《まぶ》しいくらいですよ、町子さん」

町子はんは、ぐっと背中を反らせてみせた。

「そやろ。行きつけのブチックの子が、いつも言うねん。町子はんは、小柄やさかい、どんだけ派手な色を着ても大丈夫、可愛く見えるって」

「それは、それは」

千里は返す言葉に詰まる。それはまた、すごいお世辞やわ。

「早よ入って。今日は何して遊ぶ？」

「私、遊びに来ているわけでは」

「そやったな。今日は志穂さんに、何をして差し上げるんや？」

「ええ、その件で相談が」

「何の相談や？」

しまった、と思ったが、後の祭りだ。すでに町子はんの顔には大きく、「好奇心」と書かれてあった。志穂さんから口止めされているから、必死に誤魔化す。

「いいえ、何でも自分でしようとされるから、ヘルパーの仕事がなくなってしまって。うちのケアマネとも相談したんですが、ちょっとプランの見直しをしようかと。生活援助があまりないようだったら、リハビリ施設かデイサービスに通われたらどうかなと思って。今日は資料をお持ちしたんですけど」

町子はんは、眉間に皺を寄せて、厳しい表情になった。

「それ、本人も納得してるんかいな」

「いえ、それは、今日これからのお話で」

町子はんは、考え込むようにしばらく黙り込んだ。それから、おもむろに顔を上げて、真正面から千里を見据えた。

「あんたもテッペイ君みたいに、何もせえへん方がええのに」

「え？」

聞き返した時にはもう、町子さんは、門扉を開けて、玄関の方へ向かって歩き始めていた。後に続いて家へ上がると、ダイニングでエプロンを着けた喜代ちゃんが、昼食の下ごしらえをしているところだった。

「おう、いらっしゃい」

男みたいな挨拶をする。

「お昼ごはんですか？　何を作られるんです？」

「たまには、パスタでも作ろうかって思うてな。漁師ふうや」

「すごいですね」

シンクには、ザルに入れられた海老やアサリ、イカが置いてあった。その量が多くて、千里は目を瞠《みは》った。とても女性三人分、まして、高齢の人が食べる量には思えなかったのだ。

「同じ材料で、夕飯も何か作ろうと思うてな。こうやって、下準備しておくと、後が楽やろ」

喜代ちゃんは、千里の視線に気づいたのか、言い訳じみたことを言った。

「千里ちゃん、いらっしゃい」

杖をつきながら、志穂さんがキッチンに入ってくる。

「お身体の具合はどうですか？」

千里が訊ねると、

「絶好調よ」

と微笑んだ。

ダイニングキッチンのテーブルの上には、有名な老舗の饅頭が無造作に菓子鉢からはみ出ていた。その傍には、半分ほど切り分けられて、その後、ほったらかしにされているらしい、これも名前の知られた和菓子屋の羊羹が置いてある。

「すごいですね。こんなにたくさん。結構高いですよ、このお饅頭。確か一個、三百円ぐらいしますよ」

「へえ、そうなの?」

志穂さんが笑顔で言う。

「貰い物なのよ。たくさん頂いて食べきれないの。千里ちゃん、良かったら召し上がって。お帰りにも持って帰ってね」

「有難うございます」

例のごとく、志穂さんが不自由な右手を庇《かば》うようにして、お茶を淹《い》れてくれる。町子はんが饅頭の包み紙を破って、無造作に口の中に抛《ほう》り込んだ。

「この、もぐもぐ、饅頭、ちょっと、むぐ、甘味が、ごくっ、少ないと思わへんか?」

食べるか喋るか、どっちかにしよし、と、言う喜代ちゃんの気持ちがわかると思いながら、一口、口に入れる。濃厚な白餡が口の中に広がって、千里は思わず、目を細めた。

「美味しい。やっぱ、上品な甘味ですよね。さすがだわあ」

町子はんが、不機嫌にお茶を啜《すす》った。

「どうせ、私は下品やからな。上品な甘さとやらは理解できひんわ。あんた、これだけは言うとくで。ブランドで決めつけたらあかん。名前が通ってるいうだけで、優《すぐ》れ物《もん》やと思い込むのはアホや。あくまで自分で感じることが大事なんや」

「……はい」

町子はんの勢いに押されて頷いた。志穂さんは黙って微笑んでいる。

「あんた、なんで離婚したんや？」

用事が終わったのか、乱暴に椅子に腰を下ろしながら、喜代ちゃんが訊いてくる。

「……夫の浮気です」

「まあ、ようある話やなあ」

町子はんが呆れたような声を出した。

「相手はどんな女や？　若い娘《こ》か？」

喜代ちゃんがにこりともせずに質問する。

「歳は、私より二歳若いだけやけど……胸が大きくて、頭の悪そうな……。夫はその女と再婚しましたけど」

「腹立ったやろ？」

と、町子はんが千里の顔を覗き込んでくる。

「そら、悔しかったですよ」

「慰謝料は？　養育費は、月いくら貰うてる？」

喜代ちゃんの口調は、まるで尋問だ。

「そんな話、ええやないですか」

千里が首を振ると、町子はんが憤慨したみたいに大声を出した。

「ええことないで。一番、大事なことやがな」

「あんた、まさか、貰うてへんのと違うやろな？」

喜代ちゃんの目つきが鋭くなった。まるで刑事だ。

「大丈夫ですよ。ちゃんと貰ってますから。そんなことより、志穂さん、今日は病院に……」

話を逸《そ》らそうとするが、喜代ちゃんも、町子はんも微動だにしない。

「毎月いくらで貰うより、一括で貰うといた方が良かったで。向こうに子供でもできたら、まず養育費は滞《とどこお》る」

千里は、絶句した。その通りだったからだ。

「やっぱり、そうか」

喜代ちゃんが厳かな口調で、目を細めながら言った。

「下手うったな、あんた」

座は沈黙に包まれた。千里は、なんだかこの世の終りに立ち会ってるような絶望的な気分を振り払おうと、強く頭を振った。

「別に、いいやないですか。私の問題なんですから。皆さんに、やいやい言われるようなことでは」

「あんた、友だちは大事にしときや」

喜代ちゃんがしみじみと言った。

「いつ何が起こるか、わからへん。子供にこれ以上、不安な思いや、淋しい思いをさせへんように、シングルマザーは常日頃から、いざという時に助けてくれる人を作っておかなあかんのや」

「……はい」

喜代ちゃんの真剣な表情に思わず、素直に頷いた。町子はんも志穂さんも黙って頷いている。

「もしかして、皆さんも？」

思わず、質問が口をついて出た。町子はんが、珍しく真剣な表情で答える。

「私らは、群れを作って子供を守る、雌ライオンみたいなもんや。皆で力を合わせてやってきたんや」

「子供さんがいはるんですか？　今は、どうしてはるんです？」

千里の質問に、三人は急に黙り込んだ。

「え？」

なんか、悪いことを訊いたやろか？と不安がよぎった。

「信君《のぶくん》は……いや、信彦っていうんやけどな。志穂ちゃんの息子は、かわいそうに白血病で死んでしもうたんや」

喜代ちゃんが、深い溜め息をつきながら言った。

「ええっ、そうなんですか？」

「高校一年やった。佳人薄命とは、よう言うたもんや。美少年やったで。頭も良うてなあ、性格も優しゅうて。神さまは残酷や。なんであんないい子を連れていかはるんやろなあ」

町子はんも辛そうに話す。志穂さんは黙って俯《うつむ》いていた。

「ごめんなさい。私、知らなくて。そんな辛いことがあったなんて……」

千里は慌てて頭を下げた。

「皆さん、明るくてお元気だから」

「まあな」

町子はんが、満面の笑みを浮かべた。

「私なんか、明るいだけが取り柄やからな」

「さ、湿っぽい話はここまでや。千里ちゃん、なんか面白い話はないか？　あんた、商売柄、いろんなお家に行ってるんやろ」

喜代ちゃんが、急に明るい声を出した。

「え、そんな話はできないですよ。職務上の秘密ですから」

「ケチやなあ」

「ケチとか、そういうことやなくて……」

言いながら、ハッとした。千里は恐る恐る訊ねてみる。

「もしかしたら、テッペイ君は、そんな話を？」

「まあな」

河村ぁ、なんちゅうことをしてるの、あんたは。ヘルパーでなくとも、職務上知り得た情報を他人に洩《も》らすなんて、犯罪行為だろうが。

「例えば、どんな話を？」

重ねて訊ねると、喜代ちゃんは面倒くさそうに手を振った。

「もう、ええがな」

「良くないですっ」

思わず大声になって、千里は自分でも驚いた。だけど、やっぱりこういうことは、はっきりさせておかないと。

町子はんも千里の剣幕にびっくりしたようだったが、すぐに目を細めて、昔を懐かしむように話し出した。

「テッペイ君の指は、ほんまにきれいやったわ。指先がちょっと上を向いた感じでな、器用そうな指や。あれは女泣かせの指やわ。それに色の白いこと。透明感のある白さやで。そこらへんの女よりずっと肌もきれいや」

「あのっ。質問に答えてくれませんか?」

「そんなことより、あんた、手相を見てやろう。よう当たるんやで」

喜代ちゃんが、乱暴に千里の手を掴んで引き寄せた。

「いいですよ、手相なんか」

「結婚線が一本しかないな。ちゅうことは、再婚はないと。真面目やけど、頑固者、男にはあんまりモテへん」

「ほっといてください」

二階で、ごとりと音がした。

喜代ちゃんと町子はんが、ぎくりと動きを止めた、ように見えた。千里は思わずみんなの顔を見回した。

「今、なんか、音がしましたよね?」

「へ? そうか? 気づかへんかったわ。私、最近、耳が遠うて」

町子はんが、目を逸らしながら、お茶を啜った。

「空耳と違うか?」

喜代ちゃんも饅頭の包み紙を破りながら言う。

「いいえ、絶対、聞こえました。二階に誰かいるんですか?」

千里がきっぱりと言った時、志穂さんと目が合った。彼女はなんだか悲しげな表情で、それでも微笑みながら首を傾げた。

「この家も……たいがい、古いからな。家鳴《やな》りっちゅう……奴やがな。気にすること……あらへん」

喜代ちゃんが、饅頭を口いっぱいに頬張りながら、もたもたと喋った。

「あんた、食べるか、喋るか、どっちかに……」

言いかけた町子はんを睨みながら、喜代ちゃんは続けた。

「それともあれかな。ポルターー……何やらっていう奴かもしれへん。ほら、霊現象の」

「ポルターガイストですか？　なんで、いつもそういう話になるんですか」

千里が悲鳴に近い声で抗議すると、いつもの落ち着きを取り戻した喜代ちゃんは、意地悪そうな横目で、千里を窺《うかが》う。

「この家の前の持ち主の娘はん、男に騙されて自殺したとかって、聞いたことあるなあ」

「そやった、そやった。かわいそうに、綺麗な娘さんやったけど、ポルタになるなんてなあ」

町子はんが、訳のわからない相槌を打つ。

「泥棒かもしれませんよ。私、見てきましょうか？」

千里が勇気を振り絞って言うと、喜代ちゃんと町子はんは、同時に首を振った。

「誰もいてへんて、言うてるやろ」

「あんた、もしポルタが出たら、どないする気や？」

千里は眉間に皺を寄せた。なんか、怪しいよな、この二人。

「二階って、どうなってるんですか？」

志穂さんに向かって訊ねる。

「町子さんと喜代ちゃんの寝室、それに使ってない部屋があと二つとトイレ。私は、こうなってから、階下《した》で寝るようになったから」

階段の上り下りが大変だもの。そりゃ、そうだ。

「じゃ、志穂さんは二階には？」

「ええ、病気になってからはずっと上がったことないわね。必要なものは、喜代ちゃんたちが持って下りてくれるし」

「何を根掘り葉掘り、訊いてるんや。あんたは探偵か」

喜代ちゃんが苛ついた声を出した。

「だって、気になるんですよ。女性ばかりの家だし、もし何かあったら」

千里が口を尖らせて言うと、町子はんが笑いながら手を振った。

「女性ってあんた、こんな歳になったら、女も男もないがな。怖いことも恥ずかしいことも年々なくなってくる。年寄り万歳や」

「はあ、でも」

「さ、この話は終わり。私はちょっと出かけてくるわ。お昼までには戻るし」

喜代ちゃんが立ち上がる。

「志穂さん、そろそろ病院へ行きましょうか」

声をかけると、志穂さんは優雅に笑って手を振った。

「なんだか身体が重くて、今日はやめとくわ」

「でも……」

「今度、必ず行くから」

志穂さんはすまなそうに手を合わせた。

「ええ天気やし、私も庭の掃除でもしようかな」

町子はんも部屋を出て行った。珍しく志穂さんと二人きりになったので、千里は小声で言った。

「この前のO市の病院の件なんですけど、やっぱり介護サービスの中でするのは難しいみたいなんです」

「そう」

志穂さんは残念そうに俯いた。

「でもでも、今、施設長に頼んで、そういうことをしてくれるNPOとか、ボランティアとか、探してもらってますし。それと」

おもむろにバッグからパンフレットを取り出した。

「この前も言いましたけど、ここの場合、同居されている方が家事をしてくださっているので、生活援助のためのホームヘルパーで介護保険を使うより、他の介護サービスを使う方がいいと思うんですよね。たとえば、デイサービスなら、入浴介助や、理学療法士による簡単なリハビリなんかも受けられますし、何より、いろいろな人たちとの出会いがあります。知らない人たちとお喋りするのも、たまにはいいですよ」

志穂さんは、千里の話を微笑みながら聞いている。

「どうしてもお家に籠もりがちになってしまうでしょ。たまには気晴らしだと思って、出かけてみられたらいいと思うんですけど。もちろん送り迎えもしてくれますし、いろいろなイベントもあるんですよ。もうすぐ七夕だから、夏祭りみたいなことも考えてるそうです」

「楽しそうね」

「ねっ。そう思うでしょ。結構、楽しいですよ。一度、見学ってことで行ってみませんか？」

千里が身を乗り出すと、志穂さんは困ったように首を傾げた。

「喜代ちゃんたちに訊いてから、お返事するわ」

「そんな……」

千里は思わず絶句する。自分のことなのに、なんで友だちに相談するんだろう。自分で決めてしまえばいいじゃないか。

「私って優柔不断なのよ。なんでも一人では決められなくて」

千里の気持ちを見透かしたように、志穂さんは淋しそうに笑った。きれいにセットされたショートヘアを長い指で撫でつける仕草はとても女らしくて、額や目尻の深い皺が無ければ、本当に色っぽいお姉さんっていう感じだ。

「志穂さんって、結婚されてたこと、あったんですよね？」

唐突に質問が口をついて出た。さっきの子供さんの話を思い出していた。志穂さんは、それが癖なのか、首を傾げながら微笑む。

「昔、すごく好きな方がいて、少しの間だけ、それらしいことをしたことがあったわね」

「それらしいこと……」

思わず鸚鵡返《おうむがえ》しに呟くと、志穂さんはおかしそうに笑った。

「ご想像にお任せするわ。たいして面白い話でもないの。お茶のおかわりは？」

千里は頷いてから、慌てて立ち上がる。

「私がします」

急須を持ち上げて、湯を注いだ。ポットから勢いよく出た熱湯がはねて、指にかかった。

「あちっ」

「大丈夫？」

志穂さんも慌てて立ち上がり、身体が大きく右に傾いだ。

危ないっ。声が出るより先に身体が動いた。志穂さんの腕の付け根を掴むと、思ったよりも柔らかい感触に驚いて、思わず力が抜けた。それでもテーブルの角に自分の身体をぶつけながら、ぎりぎり支えた。急須が床に落ちて、澄んだ破裂音を響かせた。志穂さんの心臓が大きく波打つのを感じながら、しばらくじっと抱き合っていた。

「ごめんなさい。大丈夫？」

志穂さんがかすかに震える声で言った。

「志穂さんこそ大丈夫ですか？　どこも痛みませんか？」

「ええ」

ゆっくりと椅子に腰掛けさせる。床に散らばった欠片《かけら》を拾おうと屈《かが》んだ途端、膝の上辺りに痛みが走った。

「いててて」

どこか、ぶつけたらしい。

「大変。どこが痛い？」

志穂さんの心配そうな声に、千里は慌てて手を振った。

「平気です。ちょっとぶつけただけ。こんなの、いつものことですから」

きっと青痣になっているだろう。本当にこんなことはしょっちゅうだ。陶器の欠片を拾いながら、千里はわざと明るい声を出した。

「でも、志穂さんの身体って柔らかいですよね。こんなことを言うと、失礼ですけど、普通、このぐらいの年齢の方って、感触がもっと硬い感じがするんですよね」

水分が少ないのだろうか。太っている、痩せているのに関係なく、だいたい高齢者の身体の感触は、やはり若い人間とは違う。強い力を加えると、壊れてしまいそうな脆《もろ》さを感じるのだ。

「きっと脂肪が多いんだわ、私」

志穂さんは独り言のように呟いて、かすかに笑った。

割れ物を始末したついでに、掃除機をかけ、床を拭いた。やっと仕事らしいことができて、ほっとしていると、志穂さんが袋に入れたお饅頭を差し出した。ずっしりと重い。

「こんなにたくさん……」

「いいのよ。年寄りばかりで余っちゃって。皆さんで」

「有難うございます」

玄関を出ると、町子はんが、庭の土を掘り起こしていた。椿の根元に何かを植えるぐらいの穴を開けている。

「お邪魔しました」

声をかけると、大きな麦藁帽子に隠れそうな顔が振り向いて、

「そうか。もう帰るんか」

と、無表情に言った。

「これは、椿ですか？」

「そうや。立派やろ。夏椿っていうてな、もうそろそろ花が咲くわ。白い可憐な花でな、朝咲いて、夕方にはしぼむ一日花や。ここがカメリアハウスっていうのは、この椿が由来や」

「ああ、それで」

表札の横に張ってある小さな木札を思い出していた。「カメリアハウス」、椿の家、か。

「志穂さんの苗字が、椿沢だからかと思ってました」

「それもあるかもしれんけどな。旦那が、椿が好きで、いろんな種類をちょこちょこ植えはったんや。手入れが大変やわ」

「旦那って？　やっぱり志穂さん、結婚してはったんですか？」

町子はんは、立ち上がって腰を伸ばしながら、答えた。

「まあな。あれほどの女やで。そら、いろいろあるわな」

「ですよね」

千里は、庭を見渡した。広い庭だ。樹木の名前など、ほとんど知らないが、日本ふうにしてあるのだろう、柘植《つげ》やさつき、柊《ひいらぎ》や木賊《とくさ》がまとまって植えてある一角があって、その周りに数本の椿が滑らかな木肌を見せていた。

「じゃ、失礼します」

歩き出して、しばらくして振り返ると、町子はんは、まださっきと同じ格好で、椿の木を見上げていた。

四

金曜日の居酒屋は混んでいた。入り口に突っ立って見回すと、奥のボックスで二階堂さんが大きく手を振っているのが見えた。向かい側には、施設長が面白くなさそうな顔で、枝豆をしがんでいる。

「お待たせしました」

二階堂さんの隣りに座った。

「真衣子ちゃんは?」

「実家に預けてきたんです。明日、土曜日だから」

「たまには、お母さんもストレス発散しないとね」

「たまには？」

施設長が意味ありげに訊き返した。

「何か、ご不満でも？」

千里が睨んで見せると、施設長は無言で肩をすくめた。

確かに、この会社に入ってみて驚いたのは、やたら飲み会が多いことだった。同じ時間に上がる人間が二、三人集まれば、「ちょっと、行く？」ってことになる。人の出入りも多いから、その度、歓送迎会が行なわれ、利用者さんが亡くなって、お通夜に行った帰りもついつい飲んで帰ろうかっていうことになる。それだけストレスが多いのか、呑んべエが多いのか、定かではないが、プライベートの時間を一緒に過ごすことによって、相手のことがよくわかるのも事実だ。

千里は娘が待っているから、三回のうち一回ぐらいしか付き合わないが、それでも月に三回ほどは、飲みにいっている。実家の母に真衣子を預ける度、まるで、アルコール依存症のような目で見られるのには、少々閉口しているが、特に二階堂さんからの誘いは、断りたくないと思っていた。話しているだけで、いろいろ勉強になるからだ。

「どう？　調子は？」

二階堂さんの質問に、千里は考え込んだ。

「うーん」

「何？　どうしたの？」

「うまく言えないんです」

カメリアハウスの三人の顔が浮かぶ。気を取り直して、質問した。

「二階堂さんはどうです？」

認知症の八十歳の男性を担当していた二階堂さんは、この間、財布がなくなったというクレームをその男性からつけられていた。

「あんな泥棒、二度と家に寄越すな」

怒りで震えながら、事務所までやってきたその男性を、施設長がなんとか宥《なだ》めた。もちろん、担当スタッフを替えることで納得してもらうしか方法はない。後日、なくなったと思われた財布は別の場所から出てきたが、もちろん二階堂さんに対して、謝罪の言葉なんかない。

「よくあることだとはいえ、腹立ちますよね。こっちは一所懸命やってるのに」

千里が憤慨しながら言うと、二階堂さんは笑って手を振った。

「無実の罪が晴れたんだし、もういいわよ。仲間がみんな信じてくれたから、嬉しかったわ」

「当たり前やないですか。向こうは認知症ですよ」

「千里ちゃん。だめよ、その言い方は」

二階堂さんが厳しい口調になる。

「誰だって、好きで認知症になるわけじゃないんだから。病気なのよ。本人さんが、一番辛いのよ。私たちはそういう利用者さんを手助けしていくのが仕事じゃないの」

「はい。……ごめんなさい」

二階堂さんに叱られると、素直に謝ることができる。

訪問介護はいろいろな家に行くだけに、難しいことも多い。千里も口やかましい利用者さんに、「料理が不味《まず》い」とか、「清拭《せいしき》が手荒い」とかのクレームをつけられたことがある。精一杯やっているのに、という気持ちがあるので、最初は結構ショックを受けたものだ。そんな時、二階堂さんが言ってくれた一言は、今も心に残っている。

「文句を言ってくださる方が有難いのよ。何を直せばいいかわかるでしょ。気をつけなければいけないのは、何も言わない利用者さん。ヘルパーに気を遣って、自分が辛抱すればいいって思っている方って多いのよ。こっちも気づかずにしているうち、最悪の場合は、病状が悪化することもある。そんなことになったら、ヘルパーじゃないわよね。アシストしているつもりが、逆に利用者さんの邪魔をしていることになるの」

介護の現場は気が抜けない。ヘルパーのちょっとした見落としが、重大な病状悪化に繋《つな》がることもある。

「施設長、村岡さん、来週、入院されるんですって。飲み込みが悪くなってきたんで、いよいよ胃瘻《いろう》の手術だそうです」

二階堂さんが言った。村岡さんというのは、ＡＬＳという難病と闘っている五十四歳の男性だ。千里も月曜と水曜の午前中だけ、通院介助を担当している。

「そうか」

施設長は苦い表情でジョッキを持ち上げた。

ＡＬＳ。筋萎縮性側索硬化症。全身の筋肉が徐々に動かなくなり、やがては呼吸を動かすための筋肉も動かなくなって死に至るという難病だ。発病しやすいのは五十歳代から六十歳代、進行は早く、三年から五年で死亡するケースが多い。知覚は最後まで衰えないために、「最も過酷な神経難病」とも呼ばれる病気である。

エンジニアをしていたという村岡さんは、快活でよく喋る人だった。病院で診察を待つ間にいろいろな話をした。千里は、村岡さんの言葉を思い出していた。

——世の中には、こんなに大勢の人間がいるのに、なんでよりによって俺なんやろって思うてた。こんな厄介な病気になるほど、俺、なんか悪いことしたか？って、毎日、神さんか仏さんか、そういうもんに恨み事を言い続けた。最近はやっと、この病気になったんは、神さんか仏さんが、俺に何かを教えてくれるためかもしれんって、思えるようになったんや。

村岡さんの奥さんは、いつも千里の顔を見ると、小柄な身体を折り曲げるようにして深く頭を下げる。彼女は、もともと身体が弱く、以前にも介護疲れで倒れたことがあった。介護保険の限度ぎりぎりまで使って、ヘルパーを多く入れるようになったのを申し訳なく思っているのが見て取れた。

——俺は嫁さんのためだけに、自殺するのを止めたんや。

ある時、村岡さんが呟いた一言を、千里は忘れることができない。

——俺が自殺したら、あいつは、一生、自分を責めて生きていくやろう。そう思うたら、死ねへんがな。

自分の身体がだんだん動かなくなっていくというのは、どんな気持ちだろう。今の医学では、ほんの少し、病気の進行を遅らせるのが精一杯、ほとんど打つ手はない。毎日少しずつ、できないことが多くなる。明日は食べ物が飲み込めなくなるかもしれない、声が出なくなるかもしれない、息ができなくなるかもしれない。そう思いながら暮らす毎日に、何の救いがあるだろう。

「なんや、急に深刻な顔して」

施設長が、千里の顔を覗き込んだ。

「そうよ。私たちが暗い顔をしてたら、利用者さんに失礼じゃない」

二階堂さんが、励ますように、千里の背中を、どん、と叩いた。

「そうですよね。明るく、ですよね」

千里は笑って、ビールを一口、飲んだ。

そう考えると、と、千里はちらっと思う。

カメリアハウスの仕事って、本当に気楽だよな。施設長が言うように、「息抜き」的な感じ。いやいや、やっぱりダメだ。ヘルパーとして、自覚を持って頑張らないと。

「乾杯っ」

千里がジョッキを高々と上げた。

「突然、何に乾杯や？」

施設長が迷惑そうに言う。

「福祉の未来に」

千里の言葉に、二人は苦笑する。

「また、大きく出たな」

「乾杯。千里、頑張れ」

ジョッキが澄んだ音を立てる。

「私、頑張ります」

「頑張れ、頑張れ」

施設長が面倒くさそうに言って、ししゃもを齧った。

五

火曜日、千里はカメリアハウスのインターフォンを押す。家の中で、ピンポーンと鳴っているのが聞こえたが、それっきり、何の応答もない。

「故障中やないんやから、返事してよ」

もう一度、押してみる。ピンポーン。そして、沈黙。

「留守ってわけ、ないよな」

門扉を開けて勝手に入った。町子はんの植木鉢がずらりと並び、種類の違う色とりどりのバラが咲き誇っている。その並びに妙なものを見つけて、千里は立ち止まった。グリーン系のチェックの布が黄色いバラの上に乗っかっている。

「なんやろ?」

拾い上げて、広げた途端、びっくりして放り出した。

「何、これ」

投げ捨てたものを、しみじみと眺めた。それは紛れもなく男性用の下着、緑色のチェックのトランクスだ。

「なんで、こんなものが？」

千里は辺りを見渡した。この家では、洗濯物は確か二階のベランダに干しているはずだ。今日は風が強いから飛ばされてきたんだろう。それはいい。問題は目の前のこの物体だ。女性ばかりが暮らすこの家でなぜ、男物のトランクスが堂々と落ちているんだ？

近所のどこかの家から飛んできたのかも、と思い直してみたが、とりあえず、これはどう処理するか？　指先でそれを摘み上げていると、玄関から町子はんが出てきた。

「ああ、いらっしゃい」

「今日はインターフォン鳴らしましたよ。鳴ってたでしょ？」

必死で言うと、町子はんは興味なさそうに、

「そうかいな」

と言い、

「けったいなもん、持ってるな」

と目を細める。

「そうなんですよ。風でどっかから飛んできたんでしょうかね？」

町子はんの顔の前で広げて見せた。

「あんた、そんな広げて……恥ずかしいやないか」

本当に恥ずかしそうに手で顔を覆った。まるで十代の少女みたいな仕草だ。

「どこのお家のか、わかったら届けてきますけど」

千里が言うと、町子はんは俯いたまま、小さい声で答える。

「うちのや」

「へ？」

「この家のもんやって言うてる」

「え、だって。これ、男性用ですよ」

町子はんは、注意深く辺りを見回して、玄関のドアの陰に千里を引っ張っていくと、口に人差し指を当てながら小声で囁いた。

「誰にも言うたらあかんで」

「え、なんですか？」

「これはな、喜代ちゃんのパンツや」

「は？」

「実はな、喜代ちゃんは、Ｓや」

「は？　エスって何ですか？」

千里は首を傾げる。まさか、サディストのＳじゃないよな？

「Ｓを知らんのか。今はないんかな、ほれ、女が女を好きになって、手紙をやったり、逢引をしたりする」

ええっ？　それってもしかして……。

「レズ、ですか？」

恐る恐る訊ねると、今度は町子はんが首を傾げた。

「ちょっと、ヒーリングが違《ちゃ》うけどな」

ヒーリング？　フィーリングのことか？　ニュアンスが違うってことだろうか？

「ま、そういうことでな、喜代ちゃんは、昔から志穂ちゃんが好きなんや。もちろん、片想いやで。道ならぬ恋やから、自分の気持ちを口にできるはずもないわな。かわいそうに喜代ちゃんは、身体は女やけど、気持ちは男なんや。そやから、せめて下着だけは全部男物を着てるっちゅうわけや。志穂ちゃんは、こう言うたらなんやけど、ちょっとボーとしたとこがあって守ってやりたくなるタイプやろ。若い時から、男運が悪いっていうのか、男にええように利用されたり、騙されたりばっかりや。しまいには自分の息子にまで」

「え?」

千里はひっかかる。

「息子さんって、白血病で亡くなったんですよね? 高校生で」

町子はんは、しまった、という表情を隠しもせずに呟いた。

「……そやったかいな……」

「そう言うてたやないですか。みんなでお茶を飲んでる時に」

どうなってるんだ? この人たち。私、みんなに、からかわれてるのか?

「ま、息子のことは、こっちへ置いといて」

町子はんは、見えない箱を両手で持つと、左から右へと移動させた。

「とにかく、喜代ちゃんは、志穂ちゃんのナイトみたいなもんや。絶対に守ろうと思うてるんや」

「守るって、何から?」

千里の質問に、町子はんは一瞬、言葉に詰まり、しばらく考えてから決然と言い放った。

「悪の手からや」

千里の脳裏には、黒の全身タイツのショッカーが二、三人、「ヒュー」とか言いながら、バック転をしている映像が流れた。

「あの……悪の手って……今時？」

私の質問も変だよな、と千里はちらと思う。仮面ライダーから離れなければ。

「今日は、忙しいんや。あんたも用事が終わったら、早よ帰りや」

町子はんは、腰を伸ばし、軍手を嵌《は》めた手を大げさに叩いた。

「今、来たところなんですけど」

「ああ、忙しい、忙しい」

いつもの緑色のジョウロを持って、庭の奥に向かって歩いていく。

「結局、これは何なんですか？」

千里はトランクスを持ち上げて、頭の上でひらひらさせた。

いつも、こっちの質問にまともに答えてくれないんだよな。まさか、本当に喜代ちゃんがこれを穿いているのか？　エスだかレズだか知らないが。

「おう、いらっしゃい」

背後から、喜代ちゃんに声をかけられて、千里は飛び上がった。

「何を驚いてるんや？」

「いいえ、こんにちは」

慌てて、トランクスを背後に隠す。

「何を隠したんや？　私の目は誤魔化せへんで」

喜代ちゃんは、好奇心を丸出しにして、千里の後ろに回り込もうとする。

「やめてくださいよ」

必死に逃げ回るが、背の高い喜代ちゃんに、やすやすと取られてしまった。

「何や、これ」

それを広げた喜代ちゃんの顔が、次の瞬間、「しまった」、「まずい」っていう表情になった。やっぱりか？と思いながら見ていると、眉をしかめたまま、ドアの陰に行って、千里を手招きする。声を潜《ひそ》めた。

「ここだけの話にして欲しいんやけどな」

「はい」

「実は、これはな、町子はんの物なんや」

「ええ？」

「あの人、変な趣味があってな。夜中に男物のパンツを穿いて、布団の上で悶えるんや。あの歳やろ。今さら、その変な性癖は直らへんと思うわ。私も志穂ちゃんも、わかってるけど、見て見ぬ振りをしてるんや。かわいそうやから、本人にも言わんといたってな」

「はあ……」

首を傾げていると、喜代ちゃんは、さっさとトランクスを取り上げて、家の中に入っていく。廊下を二、三歩行きかけて振り向き、

「ええな、絶対、秘密やで」

と、念を押した。

「……わかりました」

なんなんや？　この人たち。トランクス一枚でこの慌てようは怪しくないか？　しかも、二人の話は、とても作り話っぽくて、信じ難い。

その日は、なんとなく仕事に身が入らなくて、といっても、ここではほとんど仕事らしい仕事はないんだけれど、志穂さんがリハビリのために、右手で箸を使って、豆を皿から皿へ移動させるのをぼんやり眺めていた。いつもは集まってくる喜代ちゃんや町子はんも、今日は根っからキッチンには来ない。やはりさっきのトランクスの一件が原因のようだが、それもよくわからない。

「大丈夫？」

志穂さんが、心配そうに声をかけてきた。

「え、何がです？」

「元気がないけれど」

千里は、慌てて手を振った。

「全然、全然。大丈夫です。元気です。ちょっと考え事をしてただけで」

志穂さんは、にっこりと笑う。

「なら、いいんだけど」

ついでのように二階を見上げて、呟いた。

「今日は、二人とも降りてこないし、何かあったのかと思って」

「な、何もないですよ。きっと、今日は暑いから、部屋でゆっくりしてはるんと違いますか？」

言いながら、小さく溜め息をついた。賑やかな二人がいないと、まるで違う家に来たみたいな静けさだ。時間の流れもずいぶんゆっくりと流れていくような気がする。

「いつかの、O市立病院の件なんですけど」

千里が口を開くと、志穂さんの手が止まった。箸からこぼれ落ちた豆が、テーブルの上を転がっていく。

「施設長からケアマネには、言ってもらってるんですけど、なかなか難しいみたいで」

「……そうでしょうね」

志穂さんは悲しげに頷いて、転がった豆を左手で拾って、皿に入れた。

「それで、私、考えたんですけど、個人的に、つまり、私が友人として、志穂さんを病院にお連れするんなら、何も問題ないわけですよ。休みの日に友だちとドライブに行くだけのことですものね。来週の木曜日、ご都合どうです？　私、休みなんですよ」

千里の言葉を聞きながら、志穂さんは両手で口を押さえた。目にみるみる涙が溜まっていくのを見て、千里の方が慌てた。

「大丈夫ですか？　私、なんか変なこと、言いました？」

志穂さんは無言で首を振る。しばらくむせび泣くように涙を流してから、顔を上げた。

「有難う。千里ちゃん。感謝するわ」

微笑んだ志穂さんの顔を見ながら、千里は、この家に来て、初めて役に立つ仕事ができたような気がして嬉しかった。

六

帰り道、駅へ向かって歩いていると、町内のごみステーションの前で、肥った女が、掃除をしていた。

「ご苦労さまです」

軽く頭を下げて通り過ぎようとすると、その女はいきなり目の前に立ちはだかった。

「あんた、椿沢さんとこに来てはる介護の人やろ。言うといて欲しいんやけど」

「はあ」

強引なタイプらしい。喋る度に、目は大きく見開き、二重顎《あご》が、たぷたぷと揺れて、千里はぼんやりと、トドを連想した。

「ごみ袋の口をしっかりと括ってもらわんと、汁が漏れよるんやわ。収集車が行った後、道路も汚れてるし、臭うてたまらんねん。みんな、迷惑してるんよ」

「それって」

千里は躊躇《とまど》いながら、言ってみる。

「椿沢さんとこのごみに間違いないんでしょうか?」

「へええ」

あんた、そんな反抗的な態度をとるん?っていう心の声が聞こえてきそうな勢いで、その女は続けた。

「他の人たちは、みんな、ちゃんとした人ばっかりやし」

「でも」

千里は勇気を振り絞る。

「確かに高齢の方ばかりですけど、皆さん、すごくしっかりしてはるし、特にあの年代の人って、そういうことは若い人より、きっちりしてはると思うんですけど」

「ふうん」

トド子は不服そうに鼻を鳴らした。

「そやかて、所詮《しょせん》、お妾《めかけ》さんなわけやんか。やっぱり、私たち、普通の主婦とは、考え方とか、生き方とか違うわけやし。ほら、男を誑《たぶら》かして生きるやなんて、私たちには、到底できひんからね。そんな人やから、ごみの出し方かて、やっぱり、私らとは違うって思うやん。まあ、確かに、証拠のあることではないけど」

「お妾さんやったんですか?」

ちょっと驚いた。「それらしいこと」というのは、そういうことだったのか。

「へえ、あんた、知らんかったんかいな」

トド子は得意そうに鼻を膨らませ、千里の顔をまじまじと見つめると、言いにくいことを特別に教えてあげるわ、感謝してな的な表情をしてから、一気に喋り出した。

「まあ、この町内で長いこと住んではるさかい、あんまり悪いことは言いたくないんや。そやけど、町費は払うけど、役員とか当番とかは堪忍してくれの一点張りや。ちょっと、勝手やと思わへんか？　誰かて好きで毎年、役員をしてるわけやない。どうしてもって言われるから、仕方なくやってるんや」

「はあ」

適当な相槌を打つ。けれど、彼女には相槌なんか必要ではないのだろう。勝手に喋り続ける。

「町内のイベントにもほとんど参加しやはらへんし、たまにはどうですか？って誘いにいったげてるのに、寄付だけ出してよろしくって。何やそれ。私ら、お金が欲しいから、言うてんのと違うで。失礼やと思わへん？　そういう家庭環境やから、子供もまともに育つわけないわな。息子はどっか行ってしまいよって……」

「息子さんって、高校生の時、病気で亡くなったんやないんですか？」

「へえ。そんなふうに言うてるの？　あの人たち」

トド子は、とっておきの秘密を打ち明ける嬉しさに、大きな手を口にあてて、うふふっと、わざとらしく笑った。

「そんな見えすいた嘘を言うてはんの？　嫌やわあ。ある日突然、いなくなったんよ。家出か、失踪か、わからへんけど。きっとなんか悪いことでもして、逃げたんと違うの？　二人とも」

「二人？　息子さんって二人いたんですか？」

この人は、きっとすごい情報を持っているに違いない。千里は、思わずトド子の手を握りしめた。

「お時間があれば、ちょっとその辺で、お茶でもしませんか？　私、奢ります」

「こう見えても、私、結構忙しいんやけど。ま、ちょっとだけなら」

トド子は、太い首をハンカチでぐるりと拭いてから、舌なめずりした。

「こんな暑い日は、抹茶パフェとか食べたくならへん？」

「いいですねぇ」

相槌を打ちながら、そんなもん食べたら、また肥りまっせ、と心の中でだけ呟く。それくらいの出費、真実を突き止めるためには仕方がないか、と、千里は自分に言い聞かせた。

涼しい店の中には、上品なクラシック音楽が流れている。トド子こと藤田さんは、おもむろにメロンスプーンを握って、目の前に置かれた抹茶パフェのクリーム部分に振り下ろした。

「あそこ、三人の女が住んでるやろ。背の高い無愛想な女と、お喋りのチビと、シュッとしたお妾さんや。息子は二人いてたわ。全然似てへんかったし、もしかしたら、兄弟やないかもしれへんけどな。健太いうのが、有名なワルで、暴走族に入ってここら辺をパッパラパッパラいうて走り回ってたんや。もう一人は、信彦ていうて、学校の成績は良いらしかったけど、何や、子供らしくない陰気な子やった。高校生の頃かなあ、その二人が突然、いんようになってしもうて、町内では変な噂も流れたけど、結局、女三人が何も言わへんので、そのままになってしもうたんや」

「変な噂って、どんな?」

「息子たちが、なんか悪いことをして、母親たちが逃がしたとか、厄介なので始末したとか」

千里は思わず、コーヒーに噎《むせ》せて吐き出した。

「始末って……」

ナフキンで口をぬぐいながら、反論する。

「いくらなんでも、そこまでするような人たちじゃないですよ。まして、自分の息子を」

憮然としながら千里が言うと、藤田さんは、意味ありげな笑いを口元に浮かべている。

「あの?」

声をかけると、我に返ったみたいに目を見開き、それからすぐにいつもの顔になった。

「あそこの家、庭が広いやろ」

「ええ」

藤田さんは、抹茶アイスにまみれた白玉を二個いっぺんに、口の中に抛り込んで、にやっと笑った。

「そやけど、昔から植木屋を入れたことは、一度もないねんで。しょっちゅう、あのお喋りのチビが庭を掘り返してる。まるで、埋めた物を確認するみたいや。近所づきあいはほとんどないくせに、介護の人だけは、ずっと続けて家に来てもらってる。変やと思わへんか？」

「しかも」

確かに変だ、と思わせる、藤田さんの力強い口調に、千里は無意識に頷いていた。

藤田さんは大きく口を開けて、抹茶クリームで真緑になった舌を見せながら、きっぱりと言い切った。

「今まで来てたヘルパーさんで、行方不明になってる人がいるっちゅう噂や」

「それ、ほんまですか？」

千里の声が思わず震えた。藤田さんはこともなげに続けた。

「特に男やな。男がいんようになるんや」

河村の生白い顔が目の前に浮び、千里は、コーヒーカップを取り落としそうになった。

「美味しいわあ。ここの抹茶パフェ。おかわりしたいぐらいやわ」

藤田さんは、ちらりと上目遣いで千里を見遣る。それにも気づかず、千里は、ふらふらと立ち上がった。

「貴重なお話、有難うございました。では、また」

レシートを掴んでレジへ向かおうとする。

「わからんことがあったら、何でも訊きにおいでや。今度はマロンパフェでええわ。ご馳走さん」

藤田さんの声を背中に聞きながら、店を出た。

頭の中は「?」だらけだ。

七

いつもの居酒屋では、二階堂さんが熱弁を振るっていた。それというのも、千里が、カメリアハウスの住人に対する疑惑を相談していたからだ。介護という仕事に並々ならぬ情熱を持っている二階堂さんにとっては、千里の話は、単なる仕事の愚痴と受け取られているのかもしれなかった。

「いい？　千里ちゃん。利用者さんのプライバシーまで、入り込んだらいけないのよ。あ、生ビール、おかわり、それと、ナンコツ揚げ一つ」

こういう時、施設長は終始無言で、一人黙々と飲み食いしている。変なとばっちりを受けるのは真っ平とでも思っているのだろう。

「ヘルパーの仕事って、ただ決められたことをするだけじゃだめなのよ。お互い、生身なんだから。わかる？　相手は人間なのよ。それもどこかが不自由で困ってたり、不安だったりする人たちなのよ。ほんの少し、快適にしてあげる。ちょっとだけ気持ち良くしてあげる。それが一番の目的でしょ」

「はあ、でも」

「私たちは、他人の人生に口出しなんかできないし、しちゃいけないのよ」

でも、としつこく心の中で繰り返す。あの三人の老女は、何かが怪しいんだ。もしかしたら、志穂さんの息子の死体が庭に埋められているのかも……でも、まさか。

千里は激しく首を振る。二階堂さんは、そんな千里を気味悪そうに眺めてから、ジョッキを持ち上げ、底に残っていたビールを飲み干した。

「あのっ」

千里は、施設長に向き直って言った。

「前にいた河村、あの人、大丈夫ですよね？　生きてますよね？」

「はあ？」

施設長がさすがに呆れたような声を出した。

「何言うてるんや？　ＩＴ関連の会社でバリバリやってるって、本人が言うてたやないか？」

「それって、だいぶ前の話でしょ？　今ですよ、今」

「今って言うたって、なあ」

施設長が助けを求めるように二階堂さんを見た。二階堂さんが、小さい椅子の上で身体を捩《ね》じりながら、バッグから携帯電話を取り出した。

「河村君に電話してみようか？」

「ぜひ、お願いします」

千里は身を乗り出した。一瞬、皆が黙って、二階堂さんに注目する。携帯電話に耳を押し当てていた彼女が、ほうと溜め息をついた。

「え？　どうしたんですか？」

「お客さまの都合により、お繋ぎできませんって言ってる」

二階堂さんは少し心配そうに電話を置いた。施設長が枝豆をつまみながら、ぼんやりとした口調で言う。

「そのアナウンスはあれやな、通話料金を払うてへんから、電話を止められてるんやろ」

「でも、それって変ですよ。だって、彼、ＩＴ産業の営業なんでしょう？　電話なんか止められたら、仕事にならないですよ」

千里が必死に食い下がる。

「そんなこと、わしゃ、知らん」

施設長が面倒くさそうにビールを飲み干した。

「おかわり」

「ねえ、もしも、もしもですけど、河村に何かあって、電話料金なんか払えない状況になってたりしたら……」

千里は言いながら、腕の付け根を擦《さす》った。なんだか寒気がしてきた。

「何かって、何や？」

施設長がのんびりした口調で訊いてくる。

「それ、訊きます？　少しは自分で考えてください」

千里の答えに、施設長は眉間に皺を寄せて、ジョッキを持ち上げた。

「お姉さん、こっち、生ビール、おかわりね」

「そんなテレビドラマみたいなこと、実際に起こる？」

二階堂さんは懐疑的だ。

「でも、携帯電話は通じなかったやないですか。ＩＴ産業の営業なのに」

「それはそれとして」

「お姉さん、おでん一つ、貰おうかな」

「このクソ暑いのに、おでんって」

「ええやんか。好きずきやろ。だいたい夏におでんを置いてる、この店もおかしいやろ」

「たまに変な客が注文するんでしょ」

「変な客で悪かったな」

三人はだらだらと飲み続けた。何の結論も新しい考えも出ないまま時間が過ぎる。二階堂さんが思い出したように言った。

「なんでそこまで気にするの？　そんなに河村君が心配なの？」

「とんでもない」

千里は大きく手を振った。

「私にとっては、河村の一人や二人、どうでもいいんです。何が気になるかといえば、まず志穂さんで、それから町子はんで、喜代ちゃんで」

千里は答えながら、本当だ、なんでこんなに気になるんだろうと思う。私って結局、あの三人が好きなんだろうか、と思い、首を傾げた。

八

月曜日。千里は午前、午後と巡回を終えて、エンジェルサービスに戻ってきた。午後四時。できれば早いとこ、日報を書いて、学童に預けている麻衣子を迎えにいって、今日の夕食は久しぶりに奮発して、すき焼きにしてみようかなどと考えながら、階段を上る。一段飛ばしに上って、勢いがついたところで、オレンジ色の何かが突然、目の前に現れた。驚いてバランスを崩し、階段の手すりに捕まりながら、尻餅をついた。

「危ないっ。大丈夫か？　ごめん、ごめん」

座り込んだまま見上げると、派手なオレンジ色のスーツを着た、バンブー企画の竹原が心配そうに覗き込んでいた。

――オレンジ？　あり得ないでしょ。あんたは漫才師か。

心の中でツッコミながら、立ち上がる。

「大丈夫です。ちょっとびっくりしただけで」

「そうか。ごめんな。ちょっと急いでたもんやから」

竹原は本当に申し訳なさそうに頭を下げた。

「いえ、本当に大丈夫ですから」

小学生みたいに階段を一段飛ばししていた私も悪かったかも、と思っているから、千里も手を振った。

「お詫びはまた改めてするから。ごめん。今、ちょっと時間がなくて」

「いいです、いいです。いってらっしゃい」

「すまんな」

慌てて階段を下りていくオレンジ色を見送りながら、結構、根は良い人かもしれないと思いつつ、事務所のドアを開けた。

意外と書類仕事に手間取って、気がつけば五時を回っていた。慌てて立ち上がる。

「施設長、すいません、お先に失礼します」

タイムカードを押してドアを開けると、いきなり目の前に、竹原がぬうと立っていた。

「ぎえっ」

「さっきは悪かったな」

「だ、大丈夫やと、言うたやないですか」

「これ、お詫びの印や」

レジ袋いっぱいのオレンジを差し出した。

「今日、商店街でオレンジ祭りっていうのがあってな、バレンシアオレンジのキャンペーンで配ってた奴や。皆さんでどうぞ」

「……有難うございます。それで、そんな格好をしてはるんですか？」

「当たり前やがな。これが普段着やったら、おかしいやろ」

「確かに……。何のお仕事なんですか？」

「一言で言えば、なんでも屋やな。便利屋と呼んでもろてもいいで。とにかく東に困った人がいれば飛んでいき、西に困った人があれば走っていくってな感じや。水回りや電化製品の故障、犬の散歩やチラシ配り、買物の代行、借金の取立て、法律に触れへん限りはなんでもするで」

「へえ」

「あんた、子供いるのか？　塾の送り迎えっていうのもあるんやで。往復一回五百円。お得な回数券もある。十回分のお金で十一回使えるんや。どうや？」

この人に送り迎えを頼む方が危険やわ、と思う。

「却って、危険やわ、とか思うてるやろ？　俺は人相が悪うてな、昔からよう誤解されるねん」

読心術？と思いつつ、首を振った。

「そんなこと思うてません」

「なんか困ったことがあったら、いつでも声をかけてや。今なら特別キャンペーン中や。知り合いは三割引にしとくわ」

「……はあ」

どこまでも怪しい。誰が頼むんやろ。

「誰が頼むんやと思うてるやろ。そんなん、言わんと。お試し価格っていうのもあるんやで」

本当に読心術ができるのか？　怖い。

「もしかしたら……探偵、みたいなことも？」

カメリアハウスのことが頭をよぎって、恐る恐る訊ねてみた。竹原は満面の笑みを浮かべた。

「得意中の得意やがな」

「料金は高いでしょ？」

「安うしとくがな。まずは、話を聞いてからや」

ふと、頼んでみようかなと思う。

「ちょっと、ぼんやりした話なんやけど」

「ええがな。はっきりした話にしてあげよう」

オレンジスーツの内ポケットから、おもむろに大きなメモ帳を取り出した彼の目は、かなり本気だった。

九

「人間、この歳になるとな、怖いとか、恥ずかしいとかって、なくなってくるんや」

喜代ちゃんは、手早い分、少々荒ッぽく、お茶碗を洗い出した。

「若い頃には恥ずかしいて、絶対できんかったことが、今では不思議なくらいに易々《やすやす》とできるんや。それと一緒で、お化け屋敷へ行って、きゃあきゃあ言うてた人間が、今は何見ても平気や。ゴキブリかて踏み潰せるで。感性が鈍うなってしまうんやろかな」

洗いカゴに湯飲みやコップを置くと、タオルで手を拭きながら椅子に腰掛けた。

「お盆には、知り合いを呼んで、百物語でもしようかと思うてな。あんたも怖い話の一つや二つは知ってるやろ」

千里は、ぷるぷると首を振った。小さい頃から、怖い話は苦手で、お化け屋敷も、ホラー映画も大嫌いだった。家族や友達から誘われても絶対行かなかった。理屈ではない。本当に耐えられないくらい、嫌なのだ。

「あんまり怖がり過ぎるのも、アレやと思うで」

「アレってなんですか？」

「アレはアレやがな」

は？

「喜代ちゃんが言いたいのは、暗闇とかお化けとかをすごく怖がるのは、生まれる前、あんまり、ええ所にいてへんかったたっちゅうことや」

町子はんが、面倒くさそうに説明する。

「なんですか、それ。地獄にいたみたいに言わないでくださいよ」

千里が引《ひ》き攣《つ》りながら笑って言うと、喜代ちゃんと町子はんは、目を見合わせながら、意味ありげに頷いた。

「事実は事実や」

「ちょ、ちょっと、いい加減にしてくださいよ。それって、ある種、セクハラ？　パワハラかな？　だいいち、証拠がないやないですか」

「証拠は、その怖がりの性格や」

「また、訳のわからんことを」

千里は憮然として、お茶を飲む。なんだか、毎回、この人たちのペースにはまってるな、と思う。

「よし、それなら、貞《さだ》ちゃんの話をしてあげよう」

喜代ちゃんが、おもむろに背筋を伸ばした。

「しなくていいです」

千里が悲鳴に近い声を上げる。

「やって、やって」

町子はんが嬉しそうに喜代ちゃんを急《せ》かした。喜代ちゃんは真面目な表情で話し始める。

「知り合いから聞いた話やけどな、その人が高校生の時、お祖母さんが亡くなったんや。名前は貞、結構明るいお婆ちゃんやったらしい。京都では、お盆の入りに『お精霊《しょらい》迎え』というのをするやろ。六道《ろくどう》の珍皇寺《ちんのうじ》さんに行って、死者の魂を連れて帰ってくる。貞ちゃんも家に帰ってきた。それは気配でわかった。お盆の間中、ずっと家にいてはった。勝手にドアが開いたり、廊下を摺り足で歩く音が聞こえたり、仏壇から魚の腐ったような匂いがしたりしてたから、ああ、貞ちゃんやと、家族は思うてた。お盆が終わって、京都では五山の送り火、大文字焼きや。それで仏さんはまた戻っていかはるはずやんか。それが、この貞ちゃん、帰らへん。なんでかわからんけど、ずっと家にいてはる。特に悪さをするわけではないけどな、常に貞ちゃんの気配がする。とうとうその年の年末までいたらしい。クリスマスに仏壇に供えてたケーキが無くなっていて、それと同時に、仏壇の嫌な匂いも消えていた、っていうことや。ハイカラなお祖母さんやったから、クリスマスを家族と過ごしたかったんかなあ、っていう話や」

「なんや、あんまり怖くないな」

町子はんが不服そうに言った。

「もっと、えげつない話はないか？」

「実話なんやから、こんなもんやろ。ええか、あんた」

喜代ちゃんが、まっすぐに千里を見据えて言った。

「生と死は隣り合わせ、テレビのチャンネルをひねるみたいもんや。２チャンネルがこの世界で、４チャンネルが霊界っていう感じや。なんも怖いことなんかあれへん。どうや、彦根城の小さいおじさんの話も、したろか」

「もう結構です」

「やって、やって」

と、町子はんが手を叩いた。

「私、もうそろそろ帰る時間ですし。志穂さん、お部屋を掃除しましょうか？」

「いいわよ。大丈夫」

やっぱり今日もまともな仕事ができなかった、と、内心、落ち込んだ。

「喜代ちゃん、その話してえな。言いかけて止められるのが、一番、気色悪い」

町子はんが、しつこく話をねだっていた。

「ああ、そうだ」

思いついて千里は、三人の顔を見回した。

「町内の藤田さんが言うてはったんですけど、ここの家には、息子さんが二人いたって」

喜代ちゃんの眉間に縦皺が一本寄った。

「何や、あんた。町内の人間とそんな話してるんか？」

「あ、いや、たまたまです。ゴミの件とかで立ち話してて、ふっとそんな話に……」

しどろもどろになる。喜代ちゃんは容赦がない。

「私はな、昔から蔭で噂話や人の悪口を言う人間は大っ嫌いやねん。そんな人間に家を出入りして欲しくない。悪いけど、ヘルパーさんを替えてもらうわ。ええな、志穂ちゃん」

志穂さんは、急な話の展開に困ったように、いつものように首を傾げた。千里は慌てて頭を下げた。

「すいません。私の考えが足りなくて。でもほんまに、そんな悪意のある話じゃなくて。ただ事実を確認したかっただけで……」

「あんたには関係ないやろっ」

喜代ちゃんがぴしゃりと言った。千里は返す言葉が見つからなくて、無言で俯いた。

「まあまあ、喜代ちゃんも、そない怒らんと。千里ちゃんかて、悪気があったわけやないやろ」

町子はんが、とりなすように口を挟む。

「そうよ。藤田さんみたいなお喋りな人と会っちゃったんだから、仕方がないじゃない」

志穂さんも口添えをしてくれる。けれど、喜代ちゃんは憤然と言い放った。

「あんたら、人が良すぎるんや。世の中には腹黒い人間が、うじゃうじゃいるんやで。油断したらあかん」

カチンときた。なんで、そこまで言われなあかんの？　だいたい、この家に息子が二人いたってこと、そんなに隠さなあかんこと?と、思って、千里は口を開く。

「なんで、そこまで言われなあかん……」

「いたたたたた」

町子はんが急にお腹を押さえて椅子から転げ落ちた。

「痛い、痛い。お腹が張り裂けそうや。誰か、助けて」

「ええっ。大丈夫ですか? ここ、痛みます?」

千里が町子はんのお腹に触れた途端、町子はんは悲鳴を上げた。

「ぎえええ。死ぬ、死ぬ」

「救急車、呼びましょうか?」

千里がおろおろと二人の顔を見ると、喜代ちゃんは苦虫を噛み潰したような顔をしている。

志穂さんもいつものように首を傾げて微笑んでいた。

「え?」

なんだ?

「わかった。もうええ」

喜代ちゃんが面倒くさそうに言った。

「私が言い過ぎた。悪かったな」

千里に向かって言うと、立ち上がって部屋を出ていった。町子はんは床に座ったまま、満足そうに頷いている。

「なんなんですか？　これ」

千里が言うと、町子はんは、よっこらしょ、と声を出して立ち上がった。

「短気は損気やて、昔から言うやろ。しょうもないことで喧嘩なんかしたら、みんなが損や」

「町子さんの得意技なの。険悪な雰囲気になると、仮病で誤魔化すのよ」

志穂さんが笑いながら言った。

「怒ってるのが、馬鹿らしくなるでしょ」

「はあ、まあ」

釈然としないが、仕方がないか。喜代ちゃんも謝ったことだし。でも、やっぱりこの人たち、変だ。

「じゃ、今日は失礼します」

玄関を出てから、改めて思う。結局、また、質問をはぐらかされたぞ。なんでやろう？

商店街のスーパーの前で、派手な緑色がちらちらする。近づくにつれ、それが、真緑のスーツを着た、バンブー企画の竹原だとわかって、のけぞった。

「よっ。今、帰りか？　お疲れさん」

千里に気づいて、馴れ馴れしく話しかけてくる。

「今日は、ほうれん草のキャンペーンかなんかですか？」

ご丁寧にネクタイまで緑色の無地だ。げっそりしながら訊ねると、竹原は得意げに背筋を伸ばした。

「いいや。今日は冷凍枝豆の特売や。一つどうや？　美味いで」

「そんなスーツ、どこに売ってるんですか？」

呆れて言う。

「そんなん訊いてどないするんや？　買いに行くんか？」

「まさか」

眉をしかめたまま、通り過ぎようとすると、袖を引っ張られた。

「なあ、先日の仕事の話やけどな」

「はい？」

「悪いけど、俺、やっぱりその仕事、できひんわ」

「どうしてですか？　何でも屋なんだから、仕事を選ばないで下さいよ。それでもプロですか？」

「うーん。そう言われると辛いなあ」

竹原は困ったように、頭を掻《か》いた。

「どうしても、できひん事情があるんや。他のことやったら何でもするから。ごめんな。俺、仕事中やし」

急いで店の中に戻っていった。

なんや、それ。

千里はしばらく呆然とその場に立ち尽くした。なんで、こうなる？　私はたいしたことを知りたいって言ってるわけじゃないのに。どうして、誰も私の疑問に答えてくれない？　カメリアハウスにいったい何があるっていうの？

大声で叫びたい衝動に駆られながら、突っ立っていると、男の子二人が嬉しそうに話しながら店の中に入っていく。

「あの枝豆男、こないだオレンジ男やったんやで」

「着ぐるみにしたらいいのにな。しょぼいよな、あの服」

ほら、子供にまで馬鹿にされてるぞ、と思いながら、気を取り直して、とぼとぼと歩き出した。

十

「ううっ。苦しい」

町子はんが喉元を抑えて蹲《うずくま》った。千里は、キッチンで志穂さんのリハビリ用に持ってきた折り紙を並べているところだった。

「もうその手には乗りませんよ」

千里は、折り紙の本をパラパラとめくる。

「ううん、ううん」

「だから、」

振り返ると、町子はんは、額に脂汗を浮かべて苦しそうに床に寝転がっている。

「胸が、痛い、痛い。あかん……」

「大変。誰か、志穂さん、喜代さあん」

千里は思わず大声で叫んだ。町子はんは、目を閉じて、胸を押さえて呟き続けている。

「ナンマイダ、……ナンマイダ」

「しっかりしてくださいっ。今、救急車呼びますから」

携帯電話を握りしめながら、千里は必死に頭を巡らした。心臓発作？　心筋梗塞？　応急処置は何をすればよかったっけ？

「あ、もしもし、きゅ、救急車、お願いします。胸が痛いって苦しみ出して……ええ、七十歳代、女性。持病の有無はちょっとわからないです。ええ、こちらの住所、はい」

「ええっ。どうしたん？」

二階から下りてきた喜代ちゃんが、大声を出した。慌てて町子はんを抱き起こそうとする。

「しっかりしいや。まだ死んだらあかん」

「もう……あかん。喜代ちゃん……世話に……なったなあ」

「あほ。何を弱気なことを言うてるんや」

喜代ちゃんの大声がびんびん響く。町子はんが、芝居がかった調子で手を合わせた。

「頼みや……。数珠を取ってくれるか」

「わかった。待っときや」

喜代ちゃんが、そこら中の引き出しを勢いよく開けては閉めていく。

「見当たらへんわ。十字架やったらあかんか？」

「……この際、何でもいいわ。イエスはんも男前やし」

「あの、静かにしてもらえます？　電話が聞こえない」

千里も同じように大声を出し、その声のまま、電話に向かって叫んだ。

「だからぁ、山下町の四丁目。ええ、そうです。早く来てください。なんか死にかけてるみたいで」

電話の向こうで、一一九番の人が絶句した。


救急車が到着した時には、ロザリオを胸に抱いた町子はんは、ソファで気持ち良さそうに眠っていた。喜代ちゃんと志穂さんが、傍らに座って心配そうに町子はんの顔を覗き込んでいる。一一九番の電話を切った途端に、

「あれ、なんか楽になったわ」

と町子はんが言い出したのだ。

「キリストさんのお蔭やろか。有り難いわあ」

言いながら、大欠伸をして、すぐに鼾《いびき》をかき始めたのだ。

千里は、どちらかというと、こんなことで救急車を呼んでしまって、怒られるんじゃないかという心配の方が強くて、できればこの場から逃げ出したいとさえ思っていた。てきぱき

と動く救急隊員も首を傾げながら、町子はんの脈を診ていた。

結局、原因がわからないので、念のために検査入院をするということになり、町子はんと、付き添いの喜代ちゃんが、救急車に乗って病院に行くことになった。志穂さんと二人並んで救急車を見送ると、もう千里の帰る時間になっていた。

「ま、たいしたことはないでしょう。それより、志穂さん、一人で大丈夫ですか？　何か、夕食を作っておきましょうか？」

「ううん。冷蔵庫に残り物があるから、適当に済ませるわ。そのうち、喜代ちゃんも帰ってくるだろうし」

「それじゃ、失礼します」

門を出てから、なんとなく後ろ髪を引かれる思いで振り返った。カメリアハウスの白い壁に沿うように、町子はんの丹精しているモッコウバラが、青々と茂った枝を伸ばしている。

――昔は、この庭、椿しか植わってへんかったんやけどな。なんか淋しいやろ。私は、椿の散り方が嫌いでな。志穂さんに言うて、自分の好きなバラを植えさせてもろうたんや。

いつか、庭仕事をしていた町子はんが言った言葉を思い出す。

本当にきれいだなと思う。さすがイギリス風、もとい、イングランド風だ。見かけによらないが。

　ふと、二階の窓に目が止まった。レースのカーテンが風に揺れている。

　天気予報は、曇りのち雨だった。実際、黒い雲が重苦しく広がって、今にも雨が降り出しそうだ。きっと喜代ちゃんが閉め忘れたんだろう。戻って、閉めなきゃ。そう思ったとたん、背後から声をかけられた。

「大変。窓が開いてる」

「あんた、この前は、おおきに。ご馳走さん」

　藤田さんだった。丸々した頬を膨らませてにこにこしている。

「ああ、どうも。こんにちは」

「救急車、来てたやんか。誰か、悪いの？」

　興味深々といった様子で、千里の目を覗き込んでくる。こうやって、情報を集めるんだろうなあ。たいしたもんだ。

「いえ、大丈夫です。たいしたことなかったみたいで、念のために検査入院するってことになりましたけど」

「ふうん。そう」

　面白くなさそうな返事をして、

「また、なんかあったら言うてや。なんでも教えたげるで」

踵《きびす》を返して颯爽《さっそう》と立ち去ろうとする。

「有難うございます」

千里の声に立ち止まり、

「チョコサンデーも、美味しいやろなあ」

と、呟きながら、右手を軽く上げて歩いていく。

どこまで肥る気ですか？って、後ろから叫んでみたい衝動を押さえながら、作り笑顔で手を振った。

「そうだ、二階の窓」

思い出して振り返る。不思議なことに窓は閉まっていた。さっきまで風に揺れていたレースのカーテンは、何事もなかったかのように、サッシの窓枠の向こうで行儀よく吊るされている。

背筋が、ぞくっとした。町子はんも喜代ちゃんもいない。志穂さんは、一人で二階へは行けない。いったい誰が、窓を閉めたんや？

「見間違いやったかな？」

自分に言い聞かせるように呟いてみる。

「そうや、絶対、見間違いやわ」

回れ右をして、駅へ向かって歩き出そうとした。

「幽霊なんかいる筈がない……。もしかしたら、いるのかもしれんけど、私には見えへん。見えるはずがないんや」

訳のわからないことを呟きながら、早足で歩き出した。最後は走るように改札口へ飛び込んで、息を整えながら、ホームへ向かった。動悸と一緒に、妙な胸騒ぎがする。幽霊とかじゃなくて、もし、泥棒が二階にいたんだとしたら、その方が危険だ。家には志穂さん一人しかいない。大変だ。

携帯電話を取り出して、慌ててダイヤルを回す。二、三回呼び出して、志穂さんのゆったりした声が流れてきた。

「もしもし」

「あ、志穂さん、私です。大丈夫ですか？　あの」

二階に幽霊か、泥棒がいるみたいなので、気をつけてくださいとは言えない。一瞬、迷ってから続けた。

「なんか、雨が降りそうでしょう。私、窓を閉め忘れたような気がして。今から戻りますね」

志穂さんに窓を閉めさせるわけにはいかない。ちょっと怖いけど、なんとか頑張ってみようと決心していた。

「そんな気の毒に。いいわよ。私が閉めておくから」

「でも、二階ですし」

「あら、二階？」

二階になんか、行ってないことに気づかれたかな？と思いながら慌てて言った。

「ほんと、危ないですから。何もしないでください。すぐ戻ります」

遠くで雷の音が聞こえる。千里は、電話を切ると、今来た道を走って戻り始めた。

カメリアハウスが見えた頃には、空から大粒の雨が落ちてきた。稲光が辺りを白く照らし、追いかけるように大音響の雷鳴が轟く。

「ひえっ」

幽霊も怖いけど、今は雷の方が怖い。インターフォンを押すと、返事も待たずに、門扉を押し、玄関ドアを開けた。

「志穂さん、大丈夫ですか？」

上がり込んで、二階への階段を見上げた。

怖くない。怖くなんかあるもんか。

自分に言い聞かせていると、志穂さんの杖の音が近づいてくる。

「ごめんね。千里ちゃん」

「いえ、私の方こそ……」

稲妻が光って、家の中を白く照らし出した。志穂さんの笑顔が浮かび上がって、次の瞬間、つんざくような雷鳴が起こり、二人は思わず耳を塞いだ。激しい雨音が屋根を打ち、お互いの声が聞こえないほどだった。千里は、身振りで、二階へ行くことを伝えると、志穂さんは心配そうな表情で頷き、申し訳なさそうに手を合わせて見せた。

階段を上り、小さな踊場に立つ。廊下を挟んで、二つずつドアが並んでいた。どの部屋が、町子はんと、喜代ちゃんの部屋かも知らない。下から見た時、窓が開いていたように見えたのはどの部屋だろうとしばらく頭を巡らすが、よくわからない。とりあえず手前の部屋のドアをノックしてみた。しばらく突っ立って、耳を澄ます。雨の音しか聞こえない。ノブを回すと内側に開く。鍵はかかっていない。

「お邪魔しまーす」

小声で言って、部屋の中を覗いた。薄暗い部屋の中に目を凝らすと、どうやら町子はんの部屋みたいで、見覚えのある派手な衣類がベッドの上に抛り出されてある。結構、散らかっているが、特に異状はなく、窓も閉まっていた。

その隣りの部屋も鍵はかかっていなかった。喜代ちゃんの部屋らしくきちんと片付いていて、窓もちゃんと閉まっている。普通、高齢者は、こまごまとした物をたくさん身の回りに置きたがるものだが、ずいぶん無駄のないすっきりした部屋だった。向い側の部屋は志穂さんの部屋らしく、ベッドとたんすが置いてあるだけで、長く誰も使っていない部屋独特の沈んだ空気が満ちていた。三つの部屋のドアを閉めて、千里は大きく息を吐き出した。どの部屋の窓も閉まっているし、特に変わったところはない。

やっぱり、私の見間違いだったんだ。良かった。

雨はますます激しくなっているようだった。閉めきった二階に、どんどん湿気が染み込んでくるような気がする。

最後の部屋をノックしてみる。コツコツ。雨の音にかき消されそうだ。ノブに触ると、この部屋は鍵がかかっていた。

「……はい」

中から声がした。低い男の声だ。

「え？」

千里は、最初、何が起こったのか、わからなくて、ドアノブを掴んだまま、呆然と立っていた。雨の音が自分の身体全部を取り囲んでいるような気がして、息苦しくなってくる。

なんだ？　今の。

心を落ち着かせる。大丈夫。何も怖がることはない。きっと何か理由があるはず。聞き間違いだろ、きっと。そうだ。雨音が大きくて他の音なんか聞こえないもの。さっきのは、絶対聞き間違い。

もう一度、ノックしてみる。コツコツ。耳を澄ます。もちろん返事はない。

「ほら」

千里は自分に言い聞かせるように、大きな声を出した。

「絶対、聞き間違いだって」

「千里ちゃん、大丈夫?」

階下から志穂さんの声が聞こえてくる。時間がかかり過ぎているから、きっと心配してくれているんだろう。

「はあい。今、降ります」

下に向かって叫ぶ。もういいや。聞き間違い、聞き間違い。自分に言い聞かせながら、階段を下りようとした。

ごとり。

その部屋から音が聞こえた。誰かが大きな家具にぶつかって、それが床を擦ったみたいな音。

「誰か……」

勇気を振り絞ってそのドアに向かって言ってみる。囁くような声しか出ない。

「誰か、いるんですか？」

耳を澄ましてみる。雨の音ばかりが耳について何も聞こえない。

もしかして、いつか喜代ちゃんが言っていた、ポルターガイストか？　前の持ち主の娘さんの霊なのか？

今度こそ、全身に鳥肌が立った。

次の瞬間、稲妻が光って、辺りが真っ白に照らし出される。四つのドアと、ベランダへ続くガラス戸が自分に向かって迫ってくるような気がして、思わず後ずさりした。凄まじい雷の音が鳴り響き、家全体が揺れるような衝撃を感じる。

もう、無理。

転がるように階段を駆け下りた。

「大丈夫？　顔が真っ青よ」

階段の下で待っていたらしい志穂さんが心配そうな表情で、千里を覗き込んだ。

「な、何かが……いるみたいで……」

階段の手摺りに掴まる。そうしていないと震えが止まらない。

「幽霊?」

志穂さんが、こともなげに訊いてくる。

「も、もしかしたら、そうかも」

震える声で答えると、

「そう」

志穂さんはしばらく黙って、考え込んでいるようだった。

「千里ちゃん、ごめんね。怖い思いをさせて」

そう言うと、背筋を伸ばして、二階に向かって大きな声を出した。

「幽霊さん、よく聴いて。辛いこともあるでしょう。思い通りにならないことも多いわね。でも、誰もがそうなのよ。嫌なことから逃げているばかりでは、何も解決しない。あなたを大切に思ってくれる人のためにも勇気を出して。前に踏み出して」

千里は、志穂さんの整った横顔を見ながら首を傾げた。

志穂さんって霊能者? 幽霊を説得してるし。

「わかったわね。頑張ってね」

二階に向けてひときわ大きな声で言うと、志穂さんは、千里に向き直って微笑んだ。

「有難う、千里ちゃん。もう大丈夫だから」

「そう、ですか?」

まあ、私より志穂さんの方が、なんだか幽霊には心安いみたいだし。

「じゃ、私はこれで」

いつの間にか雨は止んでいた。雨上がりの透き通った空気の中を、また駅へ向かって歩き出すと、さっきまでのことが夢の中の出来事みたいに現実感がなかった。

「何、やってるんだろ、私」

向こうの空に虹がかかっていた。

十一

町子はんの病気は、肋間神経痛だったそうだ。根が丈夫で、病気らしい病気をしたことがない町子はんは、経験のない胸の痛みを、心臓発作だと思い込んでパニくったらしい。

「一週間ほど薬を飲んだら、治るやろうって、先生が言うてはるわ。まあ、せっかく入院したことやし、ついでに他も検査してもらうことにして、夕方、息子が迎えにいってくれるっていうことや」

喜代ちゃんが音を立てて、お茶を啜りながら言った。

「ええっ。町子はんて、息子さんがいはるんですか？　やっぱり息子って二人いたんや」

あたふたと千里が言うと、喜代ちゃんが呆れたように目を細める。

「何、慌ててるねん。そら、結婚してたんやし、息子ぐらい、いててもいいやろ」

こともなげに言う喜代ちゃんに、千里は心の中で叫ぶ。

なんなんや。そんな簡単なことやったんなら、なんで今まで、妙に秘密めいた思わせぶりな態度をとってたんや。

「ま、あの人も仮病を使うて人を騙してばっかりおるから、罰があたったんやろ」

面白くも無さそうに言う。

「ところで、千里ちゃん、あんた、今日は来る日と違うやんか。どうしたん？」

「今日はちょっと、志穂さんと」

言いかけて、躊躇する。

「リハビリのいい病院が見つかったんで、ちょっと試しにお連れしようかと思って」

「へえ」

喜代ちゃんは、疑わしそうに目を細めた。千里は慌てて話し続ける。

「ほら、あんまり家の中にばかりいるのも気が滅入るでしょうし、私もこんな平日の午前中なんて、行くとこもないから、志穂さんとご一緒しようかと」

「ふうん」

「志穂さんなら、きっと、もっと良くなると思うんですよ。家で動いているのもいいんですけど、狭かったり、いろいろなものがあったりして、事故になる可能性があるんですよね。だから」

「行ってきたら、ええがな」

「は?」

「そやから、そんなん言うてる暇に、さっさと行ってきたらよろし。リハビリやろ。いいことやがな」

「そう、ですよね。いいことですよね。じゃ、」

バッグを引き寄せて立ち上がろうとすると、喜代ちゃんがのんびりした口調で言った。

「暇やし、私も一緒に行こうかな」

千里は慌てて手を振った。

「だめですよ。そこの先生、ちょっと神経質なんで、付き添いはヘルパーだけでないと、気に入らないんですよね。怒ってしもうて」

「へえ、わがままなんやな」

「そうなんですよ。ほんま、めっちゃ、わがままで、看護士さんやらもみんな困ってはります」

「へえ、そうなん？」

「もう、ほんま、困っちゃう」

言いながら、今度こそ立ち上がる。嘘をつくのは苦手だ。一刻も早く、この場から逃れたいと思っていた。

「志穂さん、支度、できました？」

廊下へ出て、奥の部屋へ声をかけた。

「あんた、今日はえらい口数が多いな」

すぐ背後から喜代ちゃんが言う。首筋に息がかかって、千里は思わずのけぞった。

「そ、そんなことないですよ。いつも、これぐらい喋ってますやん」

「いいや。なんか今日は、おかしい」

喜代ちゃんは、千里の肩に手を置いて顔を覗き込んでくる。背後霊かよ、と叫びたくなる。

「おかしくありませんって。ちょっと急ぐんですよ。志穂さあん。そろそろ行きましょうか？　行きましょうよ」

悲鳴に近い声で叫びながら、廊下を進んでいくと、奥から杖の音が聞こえる。

「ごめんなさい。お待たせして」

志穂さんの申し訳なさそうな様子に、はっとする。焦って歩こうとして必要以上に力を入れるのか、杖をついた左手がぶるぶると震えていた。

「いいえ、いいんです。ごめんなさい。ゆっくりでいいですから」

志穂さんの脇腹に手を差し入れて、身体を支える。

「じゃ、行ってきます」

「行ってらっしゃい」

喜代ちゃんは、玄関までついてきて、気遣うような視線で志穂さんを見送った。


O市立総合病院は、市の中心部から車で十五分ほど行った山手にあった。そこの産婦人科病棟は、壁の色が淡いピンク色で、明るく清潔な印象だ。病院というより、ペンションに来たような気がする。

「わざわざ来てくださったんですか？」

三十歳ぐらいだろうか、長い髪をシュシュで無造作に纏めて、薄いブルーのパジャマを着た女が、窓際のベッドから声をかけた。化粧気がなくて、青白く見える顔が、志穂さんに向かって、嬉しそうに笑っている。顔立ちは整っていて、清楚な雰囲気が漂っている。

「いいのよ。そのままで。具合はどう？」

「大丈夫です。私は元気なんですけど、なんか、周りがうるさくて」

女は大儀そうに身体を起こした。大きく膨らんだ腹が、華奢な身体つきに似合わなくて痛々しく見えた。

「久しぶりね、冴子さん。本当に頑張ったわね。有難うね」

志穂さんは、ベッドの脇に置かれた椅子に腰掛けると涙ぐんだ。冴子と呼ばれた女も志穂さんの手を握って涙声になった。

「お義母さまこそ、本当に……」

誰なんだ？　この人。訊きたい気持ちを押さえながら、話に割り込める雰囲気ではないので、お見舞いに持ってきた花束を花瓶に活けようと辺りを見回した。

「冴子さん。この方は千里さん。ヘルパーさんなんだけど、とても良くしてもらってるの。千里さん、この人、冴子さん。私の娘なのよ」

ええっ。娘？

「娘さんがいはったんですか？　そう言えば、なんか、雰囲気が似てはりますね」

「そう？」

志穂さんが嬉しそうに笑った。

二人は、本当に仲の良い母娘のように見えた。冷蔵庫から取り出したゼリーを食べ、右手の不自由な志穂さんに代わって、林檎を剥いている冴子さんは、幸せそうに見えた。一時間ばかり、とりとめのない話をして、志穂さんは立ち上がった。冴子さんはベッドから降りてスリッパをつっかける。

「ここでいいから」

志穂さんが言うのを、

「ちょっとは動いた方がいいんですって」

と、大きなお腹を抱えるように歩き出した。

「きっと大丈夫。元気な赤ちゃんを産めるわ」

エレベーターが来るまでの間、志穂さんは冴子さんのお腹を愛おしそうに撫でていた。

「ええ、きっと。彼の子ですもの」

そう言う冴子さんの笑顔は少し淋しそうに見えた。エレベーターの扉が開いて、志穂さんが覚束《おぼつか》ない足取りで乗り込みながら、

「お大事にね。有難う」

と。微笑んだ。

「いい人でしょう？　息子にはもったいないくらい。今回も随分と苦労をかけてしまって」

車が走り出すと、志穂さんは自分に言い聞かせるように、ゆっくりと話し出した。

――話が見えないんですけど。

と、言いたい気持ちをぐっと押さえて、黙って運転する。

「女三人で、過保護に育ててしまったから、信彦はいつも肝心な時に逃げてしまうの。男なのに情けないわね。いつも冴子さんに頼ってしまって。妊娠中毒症になりかけて、下手をすれば赤ちゃんだって、どうなるかわからないぐらいだったのよ。本当によく頑張ってくれたわ」

――確か、息子さんは、白血病で高校生の時、亡くなったんでは？

「織千《おりせん》の従業員さんにもできるだけのことをして、債権者たちには頭を下げて、嫌な後始末は全部、冴子さんがしてくれたの」

――織千？　なんか聞いたことがあるぞ。なんだったっけ？

「冴子さんは、信彦が追い詰められて変なことを考えるんじゃないかと心配してるのよ。親バカかもしれないけど、私はいくらなんでも、そこまでは馬鹿じゃないと思っているの」

「あの」

辛抱ができなくなって、訊ねてしまった。

「息子さんって、白血病で亡くなったんですよね？」

志穂さんは小さく溜め息をついてから答えた。

「みんな、嘘なのよ。ごめんね」

「う、嘘って、何が？」

「全部」

志穂さんが悪戯っ子のように舌を出して、肩をすくめた。七十三歳のくせに、その若やいだ仕草が結構似合っている志穂さんという人に軽いリスペクトを感じながら、千里はもう一度訊ねた。

「全部って、例えば？」

「うーん」

志穂さんはしばらく考え込んでから、いつものように微笑んだ。

「息子は生きてるの。でも今は行方不明中」

「行方不明……中って？」

「会社が倒産してね。逃げちゃったのよ。彼は、『あかんたれ』なの。結構多額の生命保険に入ってるから、借金を精算するために自殺するんじゃないかって、冴子さんは心配してるわけ。でも、あの子はそういうタイプではないの。私にはわかる」

「……そうなんですか。ああ、織千って呉服屋さん？」

やっと思い出した。いつか施設長が言っていた京都の老舗の……。

「息子さんって、織千の社長さんだったんですか？」

思わず大声が出た。志穂さんは自嘲気味に笑いながら言う。

「そんな器でもないのにね。私は反対したんだけれど。向こうも他に後継ぎがいないって言うし、本人も思うところがあったのか、なんだか私たちを振り捨てるようにして向こうへ行ってしまって……」

志穂さんの口調は急にトーンダウンしていく。「向こう」という言葉を出すたびに、なんとなく辛そうに思える。

「昔、とても好きな人がいて」

志穂さんは明るい声を出した。なんだか無理をしているように思えた。

「歳は一回りも上で、なんでも知っていて、とても穏やかな人だった。心から尊敬していたわ。毎日一緒に暮らせるわけではなかったけれど、私は満足だった。信彦を授かった時は、本当に幸福だった。世界中の幸せを全部頂いたみたいで申し訳ないとさえ思った。きっと幸せすぎたのね。信彦が産まれる一カ月前に、その人はあっけなく死んでしまった」

「……それが織千の社長さんですか？」

「ええ」

志穂さんは頷いた。

「その人が亡くなって、奥様が社長になって、でも向こうのご夫婦には子供がなかったから、事あるごとに信彦を渡せって言ってきたわ。でも私は決して信彦を手放さなかった。当たり前でしょう？　母親は我が子と離れるなんて絶対できないのよ。でも」

「でも？」

志穂さんは辛そうに溜め息を吐き出した。

「信彦が高校生になった時、彼は自分の意志で向こうに行くことを決めたの。私たちといても、自分の人生は、たかが知れてるって言って。妾の子と呼ばれて生きるのは、もう飽き飽きしたって」

「そんな……」

「彼は自分で自分の人生を選んだ。だから頑張らなきゃいけない。愛してくれる人たちを裏切ってはいけないのよ。でも、彼には荷が重かったみたい。女だけの家庭だったから、彼に勇気を教えてやることができなかったのかもしれない」

カメリアハウスが見えてきた。志穂さんは助手席で小さな溜め息を吐いた。

「今日のことは、二人には?」

千里が訊ねると、志穂さんは唇の前で人差し指を立てた。

「彼女たちは、『向こう』に信彦を取られたと思っているから、冴子さんのこともあまり良く思ってないのよ。信彦のことになると盲目的で、私よりすごいの」

かすかに笑う。

「こうやって、いつの間にか、隠し事をする癖がついてしまったみたい。昔はこんなことなかったのに」

志穂さんは独り言のように呟いた。その声に淋しさが滲んでいるような気がした。

カメリアハウスの玄関前には見慣れぬバンが止まっていた。その手前で車を止め、志穂さんを降ろす。

「ちょっと寄っていけば?」

志穂さんが言うのを、

「いえ、今日はここで」

と手を振った。運転席のドアを開けて乗り込もうとした時、後ろから、志穂さんの笑い声が聞こえた。

「健ちゃん、久しぶりじゃないの。ちょっと老けたんじゃない?」

「ひどいな、志穂おばさんは。これでもいろいろ努力してるんやで」

町子はんの息子さんか。病院から送ってきたんだ、と思い、けれど、何かがひっかかる。

――この声? 聞き覚えが……?

振り向いて驚いた。驚き過ぎて声が出るまでに、時間がかかった。

「あ、あんた……なんでここに……」

「おう。よう会うなあ。わしら、よっぽど縁があるんやなあ」

バンブー企画の竹原が、嬉しそうな顔をして立っていた。

十二

喫茶店の中はモーツァルトの明るく軽快な曲が流れていた。いつか藤田さんと一緒に来たことのある店だ。向かいに座った竹原は、物珍しそうに店の中を見回していた。

「この店、あることは知ってたけど、初めて入ったわ。結構、昭和な雰囲気やな。いい感じや」

千里は、コーヒーを一口啜ってから、口を開いた。

「私が頼んだ仕事ができひんって言うたのは、こういうことやったんですか？　それやったら、はっきり自分の実家やから、探偵なんかできひんって言うてくれたら、よかったやないですか」

竹原は、ちょっと考えるように天井を見上げてから言った。

「そんなん言うたら、面白くないやんか」

「面白いとか、面白くないとか……」

千里が言いかけると、手の平を突き出して制した。

「ま、俺かていろいろ考えたわな。金儲けする気やったら、適当に報告して、あんたから金を貰うこともできた。あんたの知りたがっていることは、わざわざ調べんでも、俺にはわかることばっかりやったからな。それをせえへんかったのは、俺の良心っちゅう奴や」

得意そうに、腕を組んで背筋を伸ばす。

――なにを納《おさ》まってんの。

千里は眉を顰《ひそ》める。

「それやったら、ここで教えてくださいよ」

「無料《ただ》で？」

「当たり前やないですか。それが『俺の良心』でしょ」

言ってから付け加えた。

「ここのコーヒーは、奢ってあげてもいいです」

「それは、おおきに」

竹原はちょっと不服そうにコーヒーカップを持ち上げた。

千里は、頭の中で整理しながら、ゆっくり言葉を探す。

「確認なんですけど、あの家にいた二人の息子っていうのは、志穂さんの息子の信彦さんと、町子はんの息子の竹原さん、つまりあなたですよね。高校生のとき、信彦さんは、実の父親の会社の後継ぎになるべく、あの家を出た。あなたもどっかへ行った」

「どっかて……。俺も信彦と一緒に織千に就職したんや。あいつのボディガードになれって、オカンやおばさんやらに、やいやい言われて仕方なくな。そやけど、俺には無理やった。わかるやろ。サラリーマンには向かへんのや。自由を愛するタイプやからな。それで俺は織千を辞めて、その後、いろんな仕事をしたなあ。オカンからは役立たずって怒られたけどな。しゃあないやろ。俺かて、信彦の召使と違うからな」

「召使」って言ったときに、ちょっと辛そうに唇を歪めたが、すぐに元の愛想のいい表情に戻って続けた。

「俺と違うて、信彦は出来がいいんや。勉強でもスポーツでも何でも万能や。カメリアハウスの期待の星、エースっちゅう奴や。織千は続かへんかったけど、俺はいつも陰ながら信彦を守ろうと努力はしてきた。現に今回かて、ちゃんと、ちゃんと」

言いかけて、竹原は急に口を噤《つぐ》んだ。

「ちゃんと……なんですか?」

「別に、何でもない」

ちょっとひっかかったが、次の質問に移る。

「信彦さんは、生きてますよね?」

竹原は、肩をすくめて、にこりともせずに答えた。

「行方不明やと聞いてるけど。死体が見つかったとも聞いてへんからな」

「あの家では、たいして用事もないのに、訪問ヘルパーをずっと利用されてますよね。なぜですか?」

「そんなん、俺、知らんがな。おばさんやらに訊いてんか」

「行方不明になったヘルパーがいるとか?」

「おばさんやらに苛められて辞めただけやろ」

「あんなに広い庭なのに、今まで植木屋さんを入れたことがないって？　町子はんが、しょっちゅう庭を掘り起こしてるのはなぜ？」

「だから」

竹原は面倒くさそうに、思いっきり眉間に皺を寄せた。

「俺は知らんって。オカンに直接、訊いたらええやろ」

千里は声を潜めた。

「二階に幽霊までいるみたいやし……」

「はあ？」

「いつも質問には答えて貰えへんのです。うまいこと、はぐらかされて」

顔を上げて、真正面から竹原を見て、愚痴を言うみたいに訴えた。

「何でも秘密にしてはるんです。おかしいでしょ。誰でも怪しいと思いますよね？」

竹原は黙って、コーヒーを飲み干した。しばらく考えてから、思い切ったように口を開いた。

「例えば、相手に良かれと思って、秘密にしておくことってあるよな」

「え？」

「それを知ってしまうことによって、相手を傷つけるとか、気分を害するとか、迷惑をかけるとか。そんな時、黙っておくっていうことあるやんか」

「はあ……」

何が言いたいんや？　この男。

「ま、そんなとこやな。コーヒー、ご馳走さん。俺、この後、仕事やから。またな」

立ち上がったと思うと、あっという間に店を出て行った。

「あ、ちょっと」

と呼び止める暇さえなかった。仕方なくぬるくなったコーヒーを啜りながら、千里は溜め息を吐いた。

十三

火曜日。

「喜代ちゃん、あんた、私の尿もれパッド、使うたやろ」

「あんたかて、私のサロンパス、勝手に使うてるやんか」

「尿もれパッドとサロンパスでは、意味合いが違う」

「何が違うんや？」

「恥ずかしさの度合いが違う」

町子はんと喜代ちゃんが、口喧嘩をしているのを、ぼうと聞きながら、千里は、志穂さんと夕食の下ごしらえをしていた。志穂さんの右手はなかなか思うようには動かない。けれど、苛立つ様子もなく、淡々と覚束ない手つきでインゲン豆と格闘している。おっとりとおとなしいようで、こういうところにも、志穂さんの強さを感じるのだった。

「私ね、脳梗塞の発作が起きた瞬間、これで死ぬのかな、ああ、しまった、って思ったのよね。後で考えると、何が『しまった』なのか、よくわからないんだけど。まだやり残したことがあるんだと、そういう気がしたの。でも、今となれば、それが何だったのかもわからなくて。馬鹿でしょう、私。それって案外、こうやって、いんげん豆の筋を取るためだったのかもしれない」

「誰だってそうですよ。自分が何のために生きているかなんて、普段、考えて暮らしているわけじゃないですから。ただ、死にたくない、もしくは、自分が死ぬはずないって、思ってるだけじゃないですかね」

「そうよね。みんな、必ず明日が来るって、信じてる。今日で終わるなんて、恐ろしくて思いもよらない」

志穂さんは大きく溜め息をついた。その溜め息は、いんげん豆を取り落としたためかもしれなかった。

緑色の細長い豆はテーブルの下を転がっていく。志穂さんがいつもとは違う軽い身のこなしで、テーブルの下に屈み込むのを、不思議な気持ちで眺めていた。次の瞬間、ごん、と鈍い嫌な音がして、クリーム色の志穂さんのサマーセーターがねじれた格好のまま、スローモーションのようにゆっくりと、床に沈み込んでいくのが、夢の中の出来事のように目に入った。

「志穂さんっ」

自分の声も、なんだか遠い場所で叫んでいるように聞こえた。千里は、自分でも訳のわからぬ叫び声を上げながら、テーブルの下に潜り込んで、志穂さんの身体を掴もうと手を伸ばした。柔らかく弾力のある志穂さんの腕の付け根に触れた途端、その温かさに妙な懐かしさを感じて、なぜか涙が溢れた。

「嫌っ、志穂さんっ。しっかりして」

頭の片隅で、あまり身体を揺すってはいけないと思い、どうすることもできない苛立ちに、千里は拳を床に打ちつけた。

「誰かっ。救急車」

リビングから乱れた足音が近づいてくる。

「千里ちゃん、何、騒いでるの？」

「志穂ちゃん、どないしたんやっ」

頭の上で、喜代ちゃんと町子はんの金切り声が聞こえた。

「救急車を呼んでください。急いでっ」

千里は、悲鳴に近い声で叫んだ。床の上に投げ出された志穂さんの手を握りしめ、その手がだんだん堅く強張《こわば》っていくのを嘘のように感じていた。無意識にその手を擦りながら、千里は何度も繰り返していた。

「まだせんならんことがあるんですよ。『しまった』って思うてはるんでしょ。志穂さん、死んだらあかん。まだ、死んだらあきませんてっ」

階段が軋《きし》む音がして、二階から誰かが降りてきた。千里が目を上げると、背の高い中年の男が立っていた。彼は、みんなを見下ろしながら、辛そうに俯いて言った。

「……母さん、ごめん」

遠くから、かすかに救急車のサイレンが聞こえてきた。

十四

脳梗塞の再発で、志穂さんはあっけなく逝ってしまった。

ＩＣＵの前の廊下で、長椅子に並んで座りながら、町子はんはずっと泣き続けていた。

「あんた、病院であんまり泣くと、看護婦さんが怒りに来はるで」

喜代ちゃんが小さな声で諫《いさ》めると、町子はんは恨みがましく、大きな音を立てて、ティッシュで洟《はな》をかんだ。

「前から思うてたけど、あんたは冷たい女やな。まるで氷みたいや」

喜代ちゃんは何か言い返そうと口を開いたが、思い直したように黙り込んだ。

「なあ、やっぱり佳人薄命やな。綺麗な人から順に死んでいくんやわ。私はブスやから、きっと一番最後やろな。喜代ちゃんも私が見送ることになるんやろな。人生は、はかないなあ」

町子はんは、とめどなく喋り続ける。

「心残りは、信君《のぶ》のことや。こんなことになるんやったら、二階に匿《かくま》っていること、志穂ちゃんに言うとくんやった。二人のために良かれと思うて黙ってたことが、裏目に出たわ」

言いながら、また大きな音を立てて洟をかんだ。

「そのことなら」

千里はずっと考えていたことを口にした。

「きっと、志穂さんは、知ってはりました」

いつか、志穂さんが二階の幽霊に向けて言った言葉を思い出す。

――嫌なことから逃げているばかりでは、何も解決しない。あなたを大切に思ってくれる人のためにも勇気を出して。前に踏み出して。

思い出した途端、涙が溢れた。

「やっぱり、早過ぎますよね。もう少し一緒にいたかった……」

千里が泣き出すと、町子はんが鬼の首を取ったように、喜代ちゃんに向かって言う。

「ほら、見てみ。千里ちゃんまで泣いてくれてるんや。あんたは冷たい。鬼か蛇《じゃ》か」

「うるさい」

喜代ちゃんは、鋭い声で言うと、前方に視線を走らせた。ナースステーションから、信彦と竹原がこっちへ向かって歩いてくるのが見えた。

「遺体は霊安室に運んで貰うてる。もうすぐ葬儀屋さんが来るから、誰か一人、道案内に残って欲しいということや。他の者は、家へ帰って、布団を敷いたり、いろいろ準備しとかなあかんらしい」

信彦が、皆を見回しながら言った。

「俺が残る」

即座に竹原が言った。

「わかった。そしたら、私ら、家へ帰ろう。他になんか用意しとく物はあるか？」

喜代ちゃんが立ち上がって、てきぱきした口調で、信彦に訊ねる。

「お寺へ連絡しないとあかんのやけど、俺、連絡先とかわからへんし……それと」

男にしては、長い睫毛を伏せて言い澱んだ。確かに気弱そうな男だな、と千里は思う。最後まで志穂さんを心配させて、と、ちょっと腹が立った。

「『それと』？　何やねん？」

喜代ちゃんが、苛立った声を出した。信彦は俯きながら小声で言った。

「やっぱり、俺が喪主をやらんと、いかんやろか？」

「はあ？」

大声を出したのは、千里だ。一同が、ぎょっとしたように千里を振り返った。

「何を言うてるんや。あんた、志穂さんの気持ち、全然わかってへんやんか。どれだけ、あんたのこと心配してはったか。どれだけあんたに強うなって欲しいと思うてはったか。冴子さんかて、あんたを信じて、ずっと病院で待ってはるんや」

「病院って？　冴子、どっか悪いんですか？」

信彦が、びっくりしたように千里に訊いてくる。

「そんなんも知らんと、逃げ回って、隠れ回って。ほんまに、ほんまに、この男は」

思わず千里が声を荒げると、

「千里ちゃん、落ち着いて」

と、喜代ちゃんが、背後から羽交い締めをしてきた。

「あんたの言う通りや。おおきに。後は私らがちゃんと言い聞かせるから。堪忍したって」

見ると、竹原が笑いを噛み殺したような表情で千里を見ていた。千里は眉をしかめながら、小さく咳払いをした。

「ま、わかってくれはったら、それでいいんですけど……」

小声で言うと、喜代ちゃんの羽交い締めをそっと外した。

「冴子は、どこが悪いんですか？」

信彦が訊いてくる。

「妊娠中毒症やと言うてはったわ。妊娠中に無理をしはったから、血圧が上がって、一時は赤ちゃんまで危なかったたって」

「すいません」

信彦は頭を下げた。

「私に謝るんやなくて、冴子さんや志穂さんに謝ってください」

「ほんまに、すいません」

信彦は長い間、顔を上げなかった。

白い棺の中に横たえられた志穂さんは、色とりどりの花の中に埋もれて、まるで花嫁のように美しかった。通夜の参列者は少なかったが、弔問客は皆、志穂さんの美しさに感嘆したような溜め息を洩らし、改めてまた、ハンカチを目に当てた。

冴子さんも病院から外出許可を貰って、通夜に参列した。大きなお腹を黒いワンピースで包み、信彦に寄り添うようにして、客に挨拶をしていた。

「一から出直すって、言ってくれました。これからは絶対、逃げないって」

冴子さんは、千里の傍にやってきて、嬉しそうに報告した。

「お義母《かあ》さまには、この子の顔を見て頂きたかった。それだけが心残りです」

「きっと、天国から見てくれはりますよ」

千里の言葉に、冴子さんは微笑みながら頷いた。

「ええ、きっと」


通夜の客も帰ってしまうと、町子はんが、庭から夏椿の花を切ってきた。白く小さな蕾をつけた枝を、花瓶に活けて祭壇に供える。

「こうしとくと、明日の朝、花が開きよるさかいにな」

「この花、なんか志穂さんに似てませんか？」

千里が思わず言うと、町子はんは、得意そうに背を逸らした。

「そらそうやろ。志穂ちゃんは、カメリアハウスの主《あるじ》や。椿の生まれ変わりや」

開け放した窓から涼しい風が流れてきて、線香の煙を揺らした。

「あっちへ行ったら、好きやった旦那に、また逢えるんやろか」

町子はんが、ハンカチを鼻にあてながら、呟いた。

「二号さんは、やっぱり本妻さんに遠慮せないかんやろけど、逢うことぐらいは許してくれはるやろ」

喜代ちゃんが小声で答えた。

キッチンのダイニングテーブルの上には、寿司と数本のビール瓶が並んでいる。リビングを片付けて祭壇が組まれ、その前に棺が安置されていた。

「今は式場を借りて葬式する人が多いらしいけど、やっぱり志穂ちゃんは、この家から出してあげんとなあ」

町子はんがビールを開けながら、しみじみと言う。

「みんな、こっちへ来て、お寿司でもつまんで」

「はあい」

千里と冴子さんが祭壇の前から立ち上がる。

「結局、カメリアハウスの謎は、全部、カタがついたんやろ」

竹原が千里の傍に来て囁いた。

「そう。気がついたら、いつのまにか、全部、わかっていたっていう感じ」

千里は答える。確かに、志穂さんが亡くなって、信彦が二階から降りてきたら、多くの疑問が、自然に氷解していった。

「行方不明になったヘルパーの謎は？」

竹原の質問に、千里が溜め息をついた。

「河村は、世界を駆けるフリーターになったらしいです」

二階堂さんの所にカナディアンロッキーの絵葉書が届いて、「世界を相手にするぞ！」というメッセージが書き殴られてあったそうだ。どうやらIT産業の営業に向いてない自分というものに気づいたらしい。

「あ、そうそう。一つだけ」

千里は思い出して、町子はんに訊ねる。

「どうして、あれほど庭を掘り返してはったんですか？　肥料かなにかを埋めるためですか？」

町子はんは、寿司を頬張りながら、手を振った。

「違うがな。あれはな、探し物や。昔、男嫌いの喜代ちゃんが、プレゼントされた宝石類を、みんな捨ててたんや。もったいないから、それを拾って柿の種の缶に入れて埋めといたんやけどな。どこに埋めたか、忘れてしもうたんや。庭が広いやろ。ほんま難儀やわ」

町子はんの答えに、喜代ちゃんが目を丸くする。

「えっ？　私、あんな物、気持ち悪いから、全部ゴミ箱に捨ててたで。なんでそんなことするの？」

町子はんは頷いた。

「そやかて、指輪やネックレスに罪はないやろ。生活に困った時、売ればいくらか助かるやんか。現に信君の会社がこんなことになったから、よけいに一所懸命、掘ってたんやけどな。どうしても見つからへん」

「呆れた」

喜代ちゃんは、本当に呆れたように言葉を吐き出した。

「目印ぐらい付けとけば、ええのに」

「付けといたわ。その目印を忘れてしもうたんやがな」

「認知症の始まりと違《ちゃ》うか？」

「失礼なこと、言わんといて」

始まった口喧嘩を微笑ましく眺めながら、千里は呟いた。

「志穂さんがいやはらへんから、もう介護ヘルパーはカメリアハウスへ来ることはできひんのですね。なんや、妙に淋しい気がしますわ」

「いつでも来たらええがな」

竹原が笑って言う。

「もともと、介護ヘルパーは、志穂おばさんのためだけやなかったんや。あの人ら、介護保険の一割の自己負担分を三人で割り勘にしてたんやで。つまり、みんなのためのヘルパーさんやったんや」

「なんでそんなことを?」

千里が訊くと、竹原はちょっと首を傾げた。

「年寄り三人の暮らしに、若いパワーが必要やったんかな? まあ、そんなとこと違うか」

ああ、そう言えば、と、千里は思った。デイサービスに行くのを嫌がったのも、ケアプランを変えるのに皆に相談しなければと言った志穂さんの言葉も、ヘルパーに仕事らしい仕事をさせなかったのも、すべて意味がわかるような気がした。

「ちなみに」

竹原が、あらぬ方向を見ながら言った。

「俺の嫁さんになったら、いつでも大手を振って、ここに来れるで」

「はあ?」

思わず大声になった。

「な、何、調子に乗ってるの。この枝豆男が」

「言うてみただけやんか」

「しょうもないことを言わんとき」

千里は子供を叱るように言った。けれど、なんだかおかしくなって、くすりと笑う。

喜代ちゃんが、窓から身を乗り出して空を見上げた。

「あんたら、見てみ。ええ星空や。明日はええ天気になるわ。志穂ちゃんは、晴れ女やったさかいいな。きっといい葬式になるわ」
千里は空を見上げた。満天の星々が輝いている。志穂さんの笑顔みたいやわ、と思った。

―了―

雨宮経理課長の憂鬱
「幸福の科学ユートピア文学賞 2010」特別賞

■

カメリアハウスでつかまえて
書き下ろし

麦生　郁
むぎお・いく

京都府出身。立命館大学文学部日本文学科卒。2006年、「愛しき日々」が幸福の科学ユートピア文学賞で佳作となる。2007年、「りふれいん」が同賞で入選となり、月刊「アー・ユー・ハッピー？」2008年1～6月号に連載される。2009年、「スナフキンの午睡」が同賞で大賞となる。以上三作を収め『スナフキンの午睡』を2009年に出版。本作「雨宮経理課長の憂鬱」は、2010年幸福の科学ユートピア文学賞特別賞を受賞した。

表紙カバー　飯田裕子

雨宮経理課長の憂鬱

2012年2月29日　初版第1刷

著　者　麦生《むぎお》　郁《いく》

発行者　佐藤　直史

発行所　幸福の科学出版株式会社

〒142-0041　東京都品川区戸越1丁目6番7号
TEL（03）6384-3777
http://www.irhpress.co.jp/

印刷・製本　中央精版印刷株式会社

ISBN978-4-86395-172-3 C0093

幸福の科学ユートピア文学賞2009 大賞受賞作

スナフキンの午睡《ひるね》

麦生 郁 著

小説家を夢見る母は、ある日突然、旅に出た。「忘れ物を取りに」という言葉を残して――。とまどいながら行方を追った「私」の見たものとは!?

定価1,365円
(本体1,300円)

幸福の科学ユートピア文学賞2006 受賞作

LINK きずな

平田 芳久 著

人の心を宿そうと努力するロボット「マナブ」の姿に、忘れていた純粋な生き方を見出す早乙女秀一。二人は固い友情で結ばれる――。笑いと感動のロボティック・ファンタジー。

定価1,365円
(本体1,300円)

幸福の科学ユートピア文学賞2009 受賞作

狙われたシリウス

山田 典宗 著

若き科学者・本城健二の発明した、新電力生産システム〝シリウス〟が、全世界で導入されることに。新エネルギー技術開発に思惑と陰謀がうずまく、科学エンターテインメント小説。

定価1,260円
(本体1,200円)

2008年 映画化

ボディ・ジャック

光岡 史朗 著

お前は、誰なんだ……! 元学生運動家の中年コピーライターが、幕末の志士を名乗る霊に、いきなり肉体を乗っ取られた!! まだ誰も読んだことのない痛快スピリチュアル・アクション小説。

定価1,365円
(本体1,300円)